母の隣の席

稲村さつき

文芸社

目次

第三章　周辺雑記

母の隣の席

第一章　母の生き様と最期の時

レクイエム・母へ

父を看取った時、母は六十一歳だった。その後、一人暮らしを続けていた気丈な母も、八十歳近くになると、次第に家事を疎かにするようになった。床に置いた物に躓き、転ぶのではと心配になった。私は母にケアハウスへ入居することを勧めた。乗り気でなかった母を見学に連れ出すと、新築のケアハウスが気に入り、一人暮らしの家から移り住むことになった。

ケアハウスの入居条件は、六十五歳以上である、入居金が支払える、身辺の始末が自分でできる、この三点だった。八十歳になったばかりの母は、自分のものを洗濯し、自室の掃除はなんとかできていた。

母が畳の部屋で転び、骨折したとケアハウスから連絡があったのは、ケアハウスでの暮らしが十年を迎える頃だった。大腿骨頸部骨折である。リハビリまで入れると、治癒まで三ヶ月少しかかる見通しだった。「退院後、ケアハウスに戻るのは無理だ」というのが主治医の見解だった。介護付き老人ホームへの入居を決めておくしかなかった。

長兄と次兄と私、三人で介護付きの施設を見学して回った。私は兄たちに言った。

「老人ホーム入居後は、毎週世話をしに通うから、私の家の近くに決めたい」

彼らに異存はなかった。彼らは自分の妻に、母の世話を頼まなくていいのである。私は母の立場になって考えたのだ。娘に頼る方が、多少は気が楽だろうと。そこで、私の家から地下鉄で三駅先の老人ホームに決めた。

リハビリを終えて母が退院する日が来た。その時点で、母は歩行器を使用して、自立移動ができた。退院して病院から老人ホームへ移った。母は九十歳になっていた。

その時、私は正規の仕事に就いていたが、二人の子供は家を出て、夫と二人暮らしだった。毎週土曜の午後、母の所へ行った。母の部屋に着くと、まずベッドと床を掃除した。ホームでも清掃してくれたが、おそらく毎日ではなかった。ベッドにコロコロを転がすと毛髪やカピカピになった米粒が、たくさん付いてきた。次に粘着力が弱まったコロコロで床を撫でると、いい塩梅に床の細かいゴミも取れた。母の爪が伸びていれば爪切りをした。それが終わると、おやつの時間である。母は甘い物好きなので、毎回いろいろ選んで持って行った。おやつの時間の忘れられないシーンがある。今、思い出してもホッと心が和む。

母が亡くなった年の夏、「白くまくん」という名のカップアイスを持って行った。結構な量のバニラアイスの上に、缶ミカン三つ、スライスしたキウイが載っていた。母は、スプーンで一口アイスを食べると、「おいしいわ」と言って目を細めた。ニコニコしながら食べている母の幼子のような無邪気な笑顔に心を打たれ、しばらく見とれてしまった。

介護付き老人ホーム入居後、丸二年が過ぎた頃、母が転倒して鎖骨骨折したとホームから連絡がきた。昼食を終えて、中庭に咲いた花を見に行き、戻ろうとして食卓の足に歩行器を引っ掛け、転んだと職員から説明された。鎖骨が折れ、腰を強打したという。近くの整形外科に運ばれ、診断と治療を受けた。鎖骨が動かないよう、堅いキャンバス地でできた固定具で、左肩関節と上腕をガッチリ固められた。この状態で鎖骨がつくのを待つのである。歩行器を使っての移動はできなくなり、車椅子生活に入った。

これがきっかけで、母の認知機能は坂道を転げ落ちるように低下していった。自分の意思と足で動けないことが、高齢者の精神身体機能に大きなダメージを与える事実を目の当たりにして、転倒の恐ろしさを思い知らされた。

毎週土曜日の娘の訪問を楽しみに待っているのに、会っても会話ができないのである。母もだが、私も悲しかった。母の所には、二時間半から三時間いたのだが、以前は「あなたは、来ても、すぐ帰っちゃうのね」と不平をもらしていた。しかし、車椅子生活に入ってしばらくすると、そんな不満すら口にできなくなった。淋しそうな、悲しそうな目を向けるものの、何も言えなかった。言おうとするのだが、言葉にする前に忘れてしまうらしかった。

なんとか母を慰めたかった。何が母の心を平らかにできるのか、考え続けた。ふと、少し前から習い始めていたオカリナを吹いたら、少しは和んでもらえるかもしれないと思いが至った。私自身、オカリナの柔らかな優しい音色に心の中の堅い痼りが溶けていった覚えがあるからだ。

それからは、母の所に行って一連の作業を終えると、母を椅子に座らせ、おやつを食べながらオカリナを聞いてもらった。母は嬉しそうだった。そんな母を見て、私も嬉しかった。

しかし、三ヶ月ほど過ぎた頃、これを吹くと「母が決まって泣く曲」があることに気付いた。

『北の国から』『少年時代』『千の風になって』である。

これらの曲のメロディーが流れると、母の口角がヒクヒク震えだし、口が歪み、涙がこぼれた。「悲しいの？」と聞くと、母は子供のように頭《かぶり》を振るのだった。母と私、二人だけの静かで温かい時間が確かに流れた。大切な時間だった。


母のいる老人ホームから、発熱があったと初めて報告を受けたのは、平成二十六年十一月三十日の夜だった。翌日私は仕事が入っていた。急には休めない仕事である。十二月一日の夜にも三十八度台の発熱があったと電話が入った。

翌十二月二日、午前十時に母の所へ行った。小さい頃からの呼び方で母に話しかけた。

「マーさん、私よ。熱があるのね。苦しい？」

母はゆっくり目を開けて私を見たが、すぐに閉じた。喉の奥がゼロゼロ鳴っていた。浅く速い呼吸が苦しそうだった。

入院が必要だと思った。施設の看護師に受け入れ病院を探してほしいと頼んだ。結果を待つ間に兄たちに連絡した。午後一時に次兄が来た。

入院に必要な書類が整い、受け入れ病院のT病院救急外来に着いたのは、午後三時半である。母は種々の検査を受け、酸素マスクを着けて、五階のベッドに落ち着いた。窓の外はすでに真っ暗闇。午後五時を過ぎていた。

六時に、母の病状を説明するために担当医が来室した。

「お母さんは、肺塞栓を起こしていると思われます。酸素吸入をしても、動脈血酸素飽和度が上がってきません。正常値は九十五以上ですが、今は七十しかありません。今夜中持つという保証はできません」

厳しい診断だった。私は一人で母に付き添う覚悟をした。兄は「お前一人で大丈夫か？」と言った。私は兄の目を見て頷いた。兄は帰っていった。今夜が危ないというのに帰るとは酷い、と感じる向きもあるだろう。

私はそうは思わなかった。私は看護師である。人の死を、忌むべき恐ろしいものだと捉えてはいない。むしろ、人間の尊厳が顕著にあらわれる厳粛な場面だと思っている。しかし、兄のような一般人が心の準備もなく立ち会うことになったら、避けたい気持ちになるのは理解できる。兄はきっと、母の死にゆく姿を見たくなかった、あるいは怖かったのだろうと今も思っている。男性は医療関係者でもない限り、そういう人が多いと知っていた。

私は母のベッドの脇に座り、母と手を繋いだ。母の手は温かかった。じっと母の顔を見ていた。ふと気付くと、母はすでに下顎呼吸を始めていた。意識朦朧、顔面蒼白、口唇は紫色である。下顎を上下させ、肩を上げて胸郭を広げ、努力して酸素を吸い込む呼吸を続けていた母は、最後に唾を飲み込む動作を二回して、静かに呼吸を止めた。私は一瞬、胸に鋭い痛みを感じ、思わず立ち上がった。額を母の額につけた。「マーさん、マーさん」と小さい声で母を何度も呼んだ。涙が溢れ、母の頬も濡らした。

医師が来て、母の瞳孔が開いていることを確認し、「十二月二日、午後八時一分、お亡くなりになりました」と深く頭を下げた。母は九十四年の人生の幕を下ろした。

母が逝って六年になる。三年ほど、辛い日々が続いた。次々と後悔の念が湧いてくる。喪失感と相まって、思い出すたびに苦しかった。最期の時、「ありがとう」と言えなかった自分を責めた。母は言いたいことが言えず、辛かったろうと思うと胸が痛んだ。辛くなるとオカリナを手にし、母が聞いてくれた曲を吹いた。すると、母の姿が立ち上ってくる。その姿が今、私を慰めてくれる。母はいつの間にか、優しい目をして自分を責めないでと微笑んでいる。

確執

母が黄泉の国へ旅立ったのは、あと三ヶ月で九十五歳という時だった。私自身が孫を持つまで生きていてくれたのだから、と自分に言い聞かせたが、喪失感から抜け出すのに半年かかった。母を思い出しても平静でいられるようになるまで三年を要した。好きか嫌いかと聞かれれば、私はガンバリ屋の母が好きだった。

しかし、母との間には確執も存在した。下の妹に対する母の溺愛である。妹は私が十歳の夏に生まれた。それまで、私は三人の兄を持つ末っ子だったから、父母は久しぶりに赤ん坊を持ったのだ。それが理由の一つだったのか、とにかく母は妹に甘かった。

小さい頃は、保育園に預けながら仕事を続けたので、幼い妹を可哀相に思うのも分からなくはないが、母の溺愛は、妹が成人してからも変わらなかった。

妹は短大を出て、アルバイトをしてすぐに結婚した。その結婚生活は、二年は続いただろうか？　結局、あっという間に終わりを迎えて離婚した。子供はいなかった。その頃から妹に対する母の距離感が狂ってきたのだと思う。母は独立した大人としての付き合い方を考えるべきだった。が、そうはならなかった。

どこの家庭でも起こり得ることなのに、二度目の結婚をした妹が夫婦喧嘩をした際に、妹は母に不満を訴えたらしい。その時、母の取った行動には驚かされた。

なんと、そう広くもない２ＤＫの妹の家に、母は当面の着替えなどを持って月単位で居ついてしまった。私は、「それはおかしい。自分たちで解決できることも、できなくなる」と意見したが、聞き入れられなかった。

母のお決まりのセリフ。「だって、可哀相だもの。私がいてあげなきゃ」。

私はこの時以来、「この人の可哀相は曲者だ」と考えるようになった。

妹の二回目の結婚も長くは続かなかった。その後、私は妹から距離を置くよう意識して暮らした。冷たいと思われてもいいいと思った。私にも二人の育ち盛りの子がいて、フルタイムの仕事にも日常の家事にも、夢中で走り回らなければならない時期だったのだ。私が忙しい日々を送っていたその頃、父が七十歳で亡くなった。母は六十一歳で未亡人になった。母は一人で埼玉県に住んで、東京に通勤していた。

たまに休暇を合わせ、母と中間の駅で落ち合い、映画を見て、食事をしたりした。

その時に、なんと母は私に妹のことを愚痴ったりするのである。「K子に会うといつも、『お金ちょうだい』ばかり言うの」とか「この間も自分の方から電話してくるから、何かと思ったら、『三万円貸して』って。あの子にお金を貸して、返してもらったことなんか一度もないのよ」と言う。

私は「それは、マーさんがK子に貸してあげるからいけないのよ。あなたが彼女の自立を妨げているの。心を鬼にして断らないと、ずっと続くわよ」と、何度諭したことだろう。しかし、私の意見は、結局一度も聞き入れられることはなかった。

私は、エスカレートしていく妹の母へのわがままな要求と、無理をしても対応してしまう母に辟易して、連絡を取らなくなった。私がもっと、能力と広い度量を持っていれば、違う解決法があったのかもしれない。しかし、私は全く平凡な一人の中年の女性であった。関係を断つことでしか、自分の精神の平衡を保つことができなかった。

母は七十歳後半になって、埼玉の一戸建てで庭付きの家を借りて住んでいた。しかし、時折訪ねた私の目に映ったのは、目を覆うばかりの光景だった。母は全く片付けができなくなっていた。玄関脇のキッチンも、その隣室の六畳間も物で埋まり、どこから手をつければいいのか分からない有様だった。二階の居室も、ベッド周りが少し動ける程度に空いているだけだった。誰の目から見ても、仕事はもう無理だと思うのに、自分だけはできると言い張るのだった。とどのつまり母は八十歳まで仕事をした。

私は母の現状をどうしたらいいか考え続けた。結局、ケアハウスに入ってもらうしかないと考え、母を説得にかかった。言葉だけでは、なかなか首を縦に振ってくれなかったが、新しいケアハウスが気に入ってついに入居することになった。

母はここで十年近く暮らした。その間にも妹はお金が足りなくなると、ケアハウスに来ていたらしい。その頃には、私の長男、長女は大学に行って家を離れていたため、時々、母の顔を見るためと居室の片付けをするため、母の元を訪れた。しかし、基本的に妹と母の関係は変わらず、母もまだ健康には問題がなかったので、母と妹との接触を避けたい気持ちの方が勝っていた。

そんな中、母はケアハウスの居室で転倒して骨折し、介護付き老人ホームに居を移さなければならなくなった。

母が老人ホームにいた四年九ヶ月の間、毎週土曜の午後、母の状態確認と居室の清掃のために通った。二回だけ行けないことがあった。私が腰痛になった時とノロウイルス感染症にかかった時である。老人ホームでは、初めの頃は歩行器による自立歩行ができたが、転倒によって車椅子を利用するようになった。

その頃から、速い速度で認知の状態が低下していった。何か伝えようと思っても、言葉にする前に忘れてしまうのだ。初めは忘れたことを認識できて、笑ってごまかしていたが、そのうち、忘れたことも分からなくなっていった。一緒にテレビを見ていても内容は理解できていないようだった。ただ、美しい花や小さな動物が映ると、「きれいねぇ」「可愛いわねえ」と短い言葉を発した。その頃には、私と母の間で妹が話題に上ることはなくなっていた。もう母に、そんな余裕はなかった。

私は母から何を受け取ったのだろう。母と妹を見ていたので、私自身の子育てのキーワードは『自立』だった。子供たちにも「本当の自立とは、衣、食、住を全て自分で賄うこと」だと、事あるごとに言い聞かせた。その甲斐あってか、二人の子供は大学を出ると、あっけないほど見事に自立して、親元を飛び立っていった。私は七十歳になった。今度こそ、『自立』は私に向けられる言葉になった。精神的、身体的に、そして経済的にも、自立して生きる姿を見せることが務めとして残っていると思っている。最期は手を借りるとしても。

今、母を偲ぶ時、私のしてきたことは、母を悲しませたのかもしれないと思うことがある。

母は、妹と私が仲良く助け合って生きてほしかっただろう。希望に添えなかったことは謝るしかない。価値観が違い過ぎて歩み寄ることができなかった。「同じ親の下で育ってもこんなことになるのだ」と認めることしか、今の私にはできない。それを認めるのは辛い作業である。

オカリナで歌うように

カラオケに最後に行ったのは、いつだったろう。十年前くらいだったか？

幼い頃から歌うことは好きだった。しかし五十代後半になると、高音が出にくくなった。特別な訓練もしていないのだから当然だ。

『自分の声の代わりに音を出してくれるものはないか。そうだ、オカリナを吹こう』と思いついたのは、六十を目前にした頃だった。その頃は、二人の子供も成人して家を離れ、自分の時間もでき始めていた。

とはいえ、九十歳になった母が介護付き老人ホームに入居していたので、毎週土曜の午後、母の所へ行き、部屋の掃除、身の回りの世話をしていた。

そんな中、徐々に母との会話のキャッチボールが難しくなるのを感じていた。何か言おうと思いつくが、言葉にする前に忘れてしまうようなのだ。それでも「言うこと、忘れちゃった」と笑ってごまかしたりしたが、やがてそれもできなくなっていった。そんな母を、束の間でも慰めることはできないかとずっと考え続けていた。そのタイミングと、オカリナを吹きたいと思った時期が重なったのだ。

早速オカリナ教室を探した。交通の便も考えた。平成二十四年秋から、月に三度、オカリナを習いに教室に通った。自己流では限界があることは痛感していた。オカリナを歌うように、思いを伝えるように、奏でてみたかった。遅々とした歩みではあったが、少しずつきれいな音が出るようになっていった。

翌年の春から、母の所へ行き、掃除、整頓、爪切りなどを終えると、車椅子に座った母と向き合い、オカリナを吹いた。母はやわらかなメロディの曲を好んだ。静かに嬉しそうに聴いてくれた。

今、私は月島のデイケアで月二回、オカリナを吹かせてもらっている。レクリエーションの時間、一時間を任される。季節に合わせた曲、ともに歌える曲など七～八曲を吹く。聴いてくださる高齢者は、だいたい二十名前後。静かに興味深く耳を傾けてくださる。帰りに「また来てね」「良かったよ」と手を握られることがある。私にとって小さな喜びだ。心がホッコリ温かくなった。

しかし令和二年にコロナ感染症が流行し、デイケアの高齢者の前でオカリナを吹くこともできなくなった。

通常の日常が戻って来る日が待ち遠しい。

母よ、許し給え

平成二十七年二月二十日、母の納骨の日である。前年十二月六日の告別式の夜から、二ヶ月と二週間、我が家に安置されていた母の遺骨と遺影と花を持って、四谷の集合場所に着いたのは十一時少し前だった。私たちが一番遅くなってしまった。父母が墓を所有していた霊園はあきる野市にあり、かなり遠いので葬儀社に小型バスを出してもらった。

私たちがバスに乗り込んだ時、すでに席に着いていた二人の兄と配偶者たちの目に軽い非難の色を感じたが、気付かぬふりをして息子夫婦の後ろの席に座った。バスはすぐに動きだした。バスの中では、それぞれの座席で隣の者と小声で交わす会話が断続的に続いていた。隣の夫は黙っている。私も話すことはなかった。次第に、私は自分の想いの中に浸っていった。母が亡くなった二ヶ月前のことを思い出していた。

母のいた老人ホームから、母の発熱を告げられ、母の部屋を訪れたあの時、私は母には医療が必要だと直感した。

初めに、長兄に連絡を入れた。答えは、「どんなことになっても文句は言わないよ」と、消極的だった。すぐに、次兄に電話した。「なんで俺なんだよ。兄貴がいるじゃないか」。彼も尻込みした。私は珍しく粘った。少しのやり取りの挙句、次兄は母の所へ来た。二時間が経っていた。

そして、母は施設の車で総合病院に入院した。しかし、入院後五時間も経たぬ間に、母が逝ってしまうとは想像できなかった。私は一人で母を送った。母にとってあれで良かったのか、と今でも思う。しかし、連絡したとしても、誰も間に合わなかっただろう。悲しみは想像していたが、それ以上に大きなものだった。心臓を鷲掴みにされるというのはこのことかと思った。『亡くなるまで聴力は保たれる』と知識は持っていたのに、感謝の一つも言えなかった。自分が不甲斐なく、情けなかった。

十一時に四谷を発ったバスは昼過ぎに墓地に着いた。隣県に住む三番目の兄とは現地で合流した。長兄の主導で祈りを捧げ、妹が指揮をして聖歌を歌った。母が好んだ曲を二曲、私がオカリナで吹いた。

二日前の雪が嘘のように空は晴れて、雲が浮かんでいた。少し強い風が吹いていた。母のお骨が墓に納められ、石の蓋が閉じられた。『兄妹仲良く』が、母の希望であると分かっている。でも、なかなか容易でないのが実態である。

〝マーさん許してください。納骨の後、霊園の集会所で和やかな会食をしました。見ていてくれましたよね〟

私は心の中で母に語りかけていた。

悲しみの石

皆、声を出して笑っている。酒に弱い体質が揃っているのだろう、頬を赤くして顔を寄せ合って笑っている。話の内容はここからは聞こえないが、肩を揺らして楽しそうだ。こんなこと、二、三日前には想像さえできなかった。

母の告別式を終え、火葬を済ませた後の会食会場、ホテルGの地下一階に、久しぶりに実家の五人兄妹とその配偶者、子供、子供の配偶者、孫、二十五名が一堂に会した。そこでの光景である。

私たち兄妹は、いつの頃からか父と母のことを「パーさん」「マーさん」と呼んでいた。どうしてそういうことになったのかは覚えていない。おそらく「パパ、ママ」の変形なのだろう。

「マーさん」はともかく、「パーさん」は聞きようによっては「なんだかヘン」なのだけれど、呼ぶ方も呼ばれる方もなんの違和感もなく、そう呼び合っていた。

マーさんが介護付き老人ホームに入所して四年半余り経過した、平成二十六年十月半ば頃から、水分の経口摂取量が落ちてきていた。一日五、六百ミリリットル飲める日もあれば、ほとんど飲めない日もあって、要観察となっていた。

十一月三十日、日曜日。施設から電話で「三十七度八分の発熱がありました」と報告があった。

次の日十二月一日、私は仕事だったので、昼休みに職場から電話で確認したところ、「今は三十七度二分に下がっています」と知らされ、ほっと一安心した。

しかし、その日の夜八時過ぎ、再び施設から「夜になって三十八度に上がりました」と少し早口で告げられた。私は了解し、明日、様子を見に行くと約束した。

十二月二日火曜日、午前十時過ぎ、母の部屋に着いた。「マーさん」と呼びかけた私の声に目を開けたが、すぐに閉じた。呼吸は浅く速い。痰がつまっているのか、ゼロゼロと喉が鳴っていた。吸引器を搬入し、喉の奥の痰を吸引してもらったら、少し楽になったようだった。こんな呼吸をしている母は、これまで見たことがなかった。しかし、私はまだ楽観的だった。

部屋に入ってきた施設長に「この老人ホームで、看取りした人はいるのですか?」と尋ねると、彼女は「ないことはないがほんの僅かです……」と答えた。

私はマーさんを入院させた方がいいのではないかと思った。

すぐに次兄に携帯で連絡を取った。母の状態を説明し、急いで来てほしいと頼んだ。少し詳しい報告が必要だった。

私はこんな重要な場面を一人で体験するのも、ちょっと違うと思ったのだ。後で非難されるのも不本意である。私たち五人兄妹を育ててくれた人の人生の終わりになるかもしれない。次兄には珍しく粘った。彼は結局納得して、「二時間くらいかかるぞ」と言って、電話を切った。

施設のナースに、近隣の病院で入院できる所を探してもらった。一番近いM病院には断られたが、車で十五分のT病院が受けてくれた。すぐさま、兄と私は、当面必要と思われるもの、トイレットペーパー、ティッシュ、パジャマ、タオルと洗面器などを袋に放り込み、紙おむつの大きな袋を下げて、施設の車椅子仕様のワンボックスカーに乗り込んだ。リクライニング車椅子に寝かされた母の横に私、助手席に兄が座った。十五分で到着。救急入口より入院。すぐに処置室に運び込まれた。その時、午後三時三十分。

処置室に待機していた医師に、施設から渡された、健康管理担当医からの診療情報提供書、看護サマリー、保険証を渡した。

その時、本人にとって痛い処置、辛い器械類の装着、延命処置は望まないことを伝えた。医師は了解してくれた。「九十四歳ですからねぇ」と言って。

私たちは廊下の長椅子に腰掛けて待った。三十分ほどで処置室に呼び戻された。酸素マスクと動脈血酸素飽和度を測るためのパルスオキシメーターを指につけられて、マーさんは眠っていた。モニターの画面の数値を見て、私はドキッとした。正常値九十五から九十八の動脈血酸素飽和度が六十九から七十となっている。日常の看護行為の中でこんな低い数値を見たことはなかった。

「では、車椅子を押してください」と言われ、私が押して移動した。エレベーターで五階に行き五三六号室に入った。きれいな小ざっぱりした個室だ。

すぐにベッドに移された母は、相変わらずウトウトしていた。

男性の看護師が母の状態を説明してくれた。ハキハキと丁寧な説明だと思った。

「とても分かりやすく丁寧な説明、ありがとうございました。ざっくばらんに質問させていただきます。今夜、私は泊まらなくていいですか？」

彼は、チャカチャカとパソコンのキーを叩いて、「ウーン、ま、難しいけれど大丈夫なんじゃあないですか」と言った。

私は、その時もまだ楽観していた。家に帰るつもりだったのだ。

ベッドに少し斜めに横たわっている母。その背中側から足元を回って母と対面し、いつものように母の手を両手で包み、「マーさん、また来るからね」と母の顔を見た。

母は閉じていた目をゆっくり開けた。しかし、その目は焦点が定まらず、私を捉えることができず、宙を彷徨《さまよ》った。

私はそれを見た瞬間「あ、今日は帰っちゃだめだ」と直感した。

看護師に「いろいろ言ってすみません。やっぱり今夜、私はここに泊まります。簡易ベッドを用意してください」と言った。彼は了解して、すぐに部屋を出ていった。

それから十分後の午後六時、医師が入ってきた。

「入院時のレントゲンと血液検査の結果を見ました。どちらも思ったより悪くないんですよ。肺は比較的キレイだし、血液検査の結果も思ったより悪くないんです。しかし、ここへ来た時のモニターの数値、見ましたよね。六十九~七十となっていたでしょ。あれから酸素を一分間に三リットルで吸ってもらってるんだけど、ちなみにこれは通常の二倍の濃度です。しかし上がってこない。これはどういうことかというと、身体全体の三分の一にも酸素が供給されていないということです。あの肺の画像で、この低さだと……原因は一つしか考えられません。つまり肺塞栓ですね。水分がずっと十分に摂れてなかったようですしね。今夜中、持つか保証はできません」

私は一人、泊まる覚悟を固めた。マーさんを一人にしてはおけない。

しばらくして次兄は「じゃあ頼むな」と言って、帰っていった。兄を責める気持ちはなかった。

一階の売店へ行って、歯ブラシ、歯磨き粉、洗顔クリーム、おにぎり二個、お茶を買って、病室に戻った。午後七時近くになっていた。

私は母のベッドの右側に椅子を寄せて座り、左手を布団の中に入れて、母の右手と繋いだ。右手を母の額に当てた。十月中旬から十分な水分が摂れていないので、汗は出ていない。しかし額だけしっとりと冷たかった。下顎を下げ、肩を上げて息を吸い込む「努力呼吸」が始まっている。この「下顎呼吸」と呼ばれる呼吸が始まると『最期が近い』という知識は持っていた。顔面は蒼白で、唇はうすい紫色。意識はほとんどなかった。

もうすぐお別れの時がくる。そう直感した。いつかこの時が来ると覚悟はできているつもりだった。しかし、グサッと刃が心臓に突き刺さるような衝撃が一瞬通り過ぎた。

けれども、大声は出さなかった。最期は痛みも苦しみもなく、静かに逝かせてあげたいとずっと思っていた。祈っていた。その私が大声を出して、マーさんを呼び戻してはいけない、そう思ったのだ。

どれくらいの時間が流れたのだろうか。鼻と口を覆っている酸素マスクが、マーさんの呼気で曇る。その間隔が少しずつ間遠になっていく。最後に続けてゆっくりと唾を飲み込む動作を二回して、本当に静かに、静かに呼吸が止まった。

時計は七時四十五分を指していた。私は、少し腰を浮かしてマーさんの額に自分の額をつけ、「マーさん、マーさん」と小さい声で呼び続けた。握っている母の右手がほんのり温かかった。「マーさん、マーさん」と呼びながら、涙は流れるままにしていた。「マーさん」以外の言葉はなぜか浮かんでこなかった。

ナースコールを押した。先ほどと違う看護師が様子を見に部屋に入ってきたが、すぐ出ていった。医師が来ないのはどうしてだろうと思った。

十分後に医師が来た。「呼吸が止まっても、まだモニターの心電図は動いていたんですよ。では、拝見します」そう言って、母の瞼を指で押し開け、懐中電灯の光を当てて、瞳孔が光に反応しないことを確認した。さらに彼は腕時計を確認して、「十二月二日、午後八時一分、お亡くなりになりました」と深く頭を下げた。

母の入院を知って、長兄が駆けつけてきたのは、その三分後。私が泊まることを知って、必要と思われる物を持って夫が飛び込んできたのは十分後だった。


人間の身体の中に「悲しみの石」が内蔵されていることを知っているだろうか？

私は七十歳にそう遠くないこの歳になるまで知らなかった。それは直径二センチくらいの丸い玉だ。常時は胃の底にあるらしい。何かのきっかけで胃底から喉元めがけて凄い速さで突き上げてくる。かなりの熱さを持った塊だ。一度刺激を与えると、止めるのは難しい。

今回、何度か経験して少しだけ分かった。私の場合、マーさんと二人だけで体験した「最期の時の光景」が映像となって再生されると、その石が胃の底で蠢き始める。

マーさんの夫である私たちの父は、明治生まれの「超」がつく堅物だった。優しい言葉も態度も表現できなかった。少なくとも、子供の目にはそう見えた。まじめだがお金儲けはとても下手。業界紙の記者をしていた。

私から見て、マーさんが最も辛かったのではないかと思えるのは、若き日のパーさんがすぐに手を上げたことだ。自己表現、特に会話による表現が下手で、自分の考えや不満や心の中にある想いを、言葉で説明する前に暴力を振るった。パーさんは身体の大きな人だったから、マーさんが受けた痛みは相当なものだっただろう。ヘビースモーカーだったパーさんは七十歳で亡くなった。その時、マーさんは六十一歳だった。

パーさんとの間にマーさんは五人の子供をもうけた。五人もいると、いろいろなタイプの人間がいる。親にはどんなに甘えても、苦労をかけてもいいのだと思っている人間だっている。それに対し、甘やかすからいけないのだ、とマーさんのやり方に腹を立てている人間もいる。

「あいつが来るなら、おふくろの葬式なんか絶対行かない」と怒っている人間もいた。私のすぐ上の兄、三兄である。彼は母に懇願されて、妹がマンションを購入する時に保証人になり、負担を被っている。

彼は、妻を三年前の初夏に亡くした。死因は乳がんであった。彼女は夫と共に、亡くなる直前まで働かざるを得なかった。三兄の妻に対する、申し訳ないという気持ち、実際に被っている経済的負担、それに対する悔しさ、割り切れなさに私は十分共感することができる。

マーさんが入所していた施設の健康管理を担当している医師から、「現状について説明したい」と招集がかかり、長兄と次兄、そして私の三人が施設に集まったのは十一月の一日、土曜の午後である。

私たちは、医師から母の現状について説明を受けた。その年の夏頃から食欲は落ちていて、水分の補給も以前のように十分にはできていないことを聞いた。

そして、何よりも医師が確認しておきたいのは、もし急変があった場合の対応をどうするかということだった。兄たちは医療従事者ではなく、一般の仕事に就いて生きてきた人なので、私が兄たちに確認を取りながら、医師に返事をした。

要約すると、急変があった場合、痛みや身体の拘束を伴う「本人にとって辛い処置」は避け、なるべく自然に委ねてほしい旨を確認し合い、了解し合った。この席に三兄は同席しなかった。妹にはこの時点では知らせなかった。

妹は母が甘やかして育てたこともあって、母への依存度が高く、それは結婚して一家を構えても変わらなかった。金銭面だけでなく、子供の世話など生活面でも母を頼った。

マーさんにとって、妹は存在するだけで、いくつになっても可愛かったのだろう。それが分かって以来、私はその件で母を責めることをやめた。

けれども、『マーさんに苦労をかける人は嫌いだ』という気持ちは消すことができなかった。それは怒りにも通じていた。怒りを爆発させないために、私は妹と音信を絶った。

私に妹はいないのだと思うことにした。

もっと良い方法があったのかもしれない。しかし、私には思いつかなかった。多分、そこが私の人間としての限界なのだ。私はこの程度の人間なのだった。

もともと会うことが苦痛なのだから、話し合い、理解し合って和解するなどということは、それ以上はない困難なことに感じられた。その困難の前で、ただ立ちすくんでいた。この現実を自分の中に受け入れるのは、精神的な苦痛を伴うことだった。だから、長いこと向き合うのを避けていた。

次兄は妹について、少し違った意見を持っていた。「たとえ、過去にどんな事情があったとしても、親が死んだのに、それを知らせないというのは酷いよ。彼女と対面しても何を話していいか分からないってお前は言うけど、そんなことは枝葉末節で、話ができなきゃ話さなくたっていいよ。しかし母の死は知らせてやるべきだよ」と力説した。

お通夜と告別式は十二月五日と六日に決まった。マーさんが亡くなった次の日から、おそらく長兄と次兄、あるいは三兄も交えて、電話による意見の応酬があったのだろう。私は一切加わらなかった。それで良かった。

お通夜の行われた斎場に、三兄とその子供たちと孫、十年以上会っていなかった妹と、成人した三人の子供たちが現れた。

ほっそりしていた妹は面影がすっかり変わり、ふっくらとしていた。多分、街の交差点ですれ違っても、私は気付くことができなかっただろう。

本当に長い時間が流れたのだ。

お通夜が滞りなく進み、そろそろ散会という時になって、三兄が私のそばに来て、耳元で囁くように言った。「K子がさ、さっき初めて俺に謝ったよ」と。硬い表情が、少しだけほどけたように感じた。

翌十二月六日、土曜日、カトリック教会の聖堂でマーさんの告別式が行われた。祭壇の前にピンクと白の花に縁どられたマーさんの遺影が飾られた。少し照れたように微笑んで光を受けたマーさんを、私は美しいと思った。

司祭はマーさんの人生を温かく振り返り、死は生きている者と死者の関係を終わりにするものではない、と保証してくれた。オルガンの伴奏もあって、聖歌も美しかった。

マーさんをよく知る人だけが集まった、ささやかで心温まる式だった。

式も終わりに近づき、お棺の蓋を閉める前のお別れの時、それぞれの手にお花を持って、マーさんの周りに置いていく。その時だ。私の中の「悲しみの石」が、突然動き始めた。ものすごい勢いで喉元めがけて突き上げてきた。懸命にこらえ、抑え込もうとしたけれどだめだった。「うっうっ」と声が漏れ、嗚咽してしまった。


〝マーさん、告別式の後、Gホテルにあなたの子、その配偶者、孫、孫の配偶者、曾孫が集まって会食をしました。K子とは本当に久しぶりに顔を合わせました。その変わり様に驚きはしましたが、激しい怒りを感じることもなく、私は割合、冷静でした。初めは硬かった会場の雰囲気も、時間の経過とともに和んできて、あちこちに小さな輪ができました。あなたの子供たちは諍いも起こさず、声を荒らげることもなく、穏やかに語り、笑い合っていました。

小さな曾孫たちは食事が終わると、大人たちのおしゃべりをよそに、会場を走り回って笑い声をあげて遊んでいました。

あなたに、一日、この光景を見せてあげたかった。

今、あなたに聞きたいのです。そばで見ていて、物心両面にわたって、あれほど迷惑をかけられたのに、あなたはどうしてK子を愛せたのですか？　あれは、あなたの愛情表現の方法だったのですか？

少なくとも私の目の前で、あなたが彼女を拒否したり、叱責したりするのを見たことはありません。私のいないところでは、彼女を諭したり導いたりしていたのですか？

私の子供が同じ要求を私にしてきたら、あなたと同じ態度をとることはできなかったと思います。私が彼女の躾について、あなたのやり方を批判すると、あなたはいつも庇い、さらに続けると悲しそうに黙ってしまいましたね。

K子があなたに掛けていた負担。それを私は、「あなたにとって過酷なもの」と感じていたのですが、もしあなたが、そう感じていなかったとしたら……私もまた、K子とは違った意味であなたを悲しませていたのかもしれない。そこまで思い至った時、私の中の「悲しみの石」が突然、喉元に突き上げてきそうになり、うろたえてしまいました。その時、私は通勤途中で街中を歩いていたので、意味のない大きな咳払いを二、三回して、天を仰ぎ、すんでのところで抑え込むことができました。

私はどうすれば良かったのですか？　私はあなたにとって、どんな存在だったのですか？　あなたは私に何を望んだのですか？　あなたは私に何を遺したかったのですか？　会話が普通にできる間に、もっとあなたと話し合えば良かった。今しみじみとそう思います。あなたの本当の気持ちを聞きたかった〟

マーさんが私に遺したかったものは何だったのだろう。「兄妹、仲良くしなさい」ということだったのだろうか。それだけだったのだろうか？

これまでの全てを忘れ、心を開いて理解し合うなどということは、私にはとてつもなく難しいことのような気がする、気が遠くなりそうだ。

けれどもマーさんが私に、いや、私たち兄弟に遺していきたかったものは何だったのか考え続けること。それを放棄してはいけない気がする。マーさんのそばで、困難の少なくなかった人生を、彼女が気丈に全うした姿を、多分、兄妹の中で、一番長い時間、見続けてきたのは私なのだから。

そして私はマーさんの生き方に敬意を払っている。そのことを今、強く感じている。

第二章　看護師としての視点から

はい、ばっきーん

Mさんは七十代半ばの女性。昨秋から私の働くデイサービスに通ってくるようになった。色白美人である。パッチリ二重の瞼、鼻筋はすっきり通っている。このきれいな目が見えないとは、外見からでは分からない。「神さまって意地悪だ」と、思ったものである。彼女の視力は五十代から失われ、二十年来、商売をしながら家でご主人がお世話されてきたとのこと。

Mさんは食事・排泄、全てに介助が必要なのであった。来所当初は握力が弱く、肘の関節痛もあって、スプーンを持つこともできなかった。

私がトイレ介助をした時、用事が済んで手すりに掴まって立ってもらい、下着を上げ、着衣を直し、手を洗い終わった時、彼女は私に「ごめんね」と言った。それまで何度も「ごめんね」と言うので、少し気になっていた。そこで私は、こう伝えた。

「Mさん、『ごめんね』は言わなくていいのよ」

「だって悪いと思って」

「いいえ、あなたは謝らなければならないことをしているわけではないし、私にとってこれは仕事の一部なのだから。人のお世話をすることが苦手な人は、多分この仕事を選ばないと思います。少なくとも今日、一緒に働いている私の仲間は、喜んでお世話をしていると言っていいと思います」

Mさんは黙って聞いていた。

「『ごめんね』より時々、『ありがとう』と言ってくださったら嬉しいな」

彼女は「そうね」と言ってニッコリした。私は調子に乗って言った。

「今度『ごめんね』と言ったら罰金ですよ」

「ハイ、ハーイ」Mさんは少し戯《おど》けたように返事をした。

三ヶ月後、Mさんはリハビリを目的とするデイに通うことになった。三ヶ月間のリハビリを受けて戻ってきたMさんは、食事も歯磨きも、準備と説明をすれば、一人でできるようになっていた。

バリアフリーのマンションに引っ越して、デイに来ない日の昼間は一人で過ごしているという。ご主人はそのマンションからお店に通っているのだそうだ。

「頑張ったのですね」と言うと、彼女は嬉しそうに笑った。

「Mさん、私とした約束、覚えてますか？『ごめん』て言ったら罰金の話」

彼女は少し考えてから答えた。

「そうそう、思い出したわ」

「また少し『ごめん』が出てきてますよ」

「そう?」

そんなある日、食後の歯磨きを終え、席に戻って車椅子を止め、膝かけを調えて「これでいいですか?」と、その場を離れようとした時、「ごめんね」とMさんが言った。

私はすかさず「はい、ばっきーん、ひゃくまんえん」と、高らかに言い放った。彼女と同じテーブルの他の利用者の間から、小さな笑いが起こった。

老いた親に対峙する際の男女の違い

二十年ほど、高齢者の看護、介護に携わっている。その中から見えてきたことがある。次第に年老いていく自分の親に対する、男女の対応の違いは明らかに存在する。

大概、男性は自分の親の老いを認めたがらない。直視したくない。自分の親に限って認知症になるわけがないと思いたいのか、自分の親は死なないと思っているのかと、疑いたくなる男性がいたのを覚えている。

その点、女性は驚きはするが、現実を受け止めるのは早い。親が年老いて、今まで通りの生活が難しくなったと知ると、次にどうするかを考え、行動することができる。

次に記すのは、実際に接したケースである。

Oさんは八十代前半の女性。食道がんの末期である。夫を亡くして独居、犬と暮らしている。

その年の秋になって、体調が悪化し、食事が摂れなくなっているせいか、体重の減少も著しい。どう見ても独居は無理だが、「私には、ジョンの世話があるから、生きていなきゃならないの」と口癖のように言っていた。本人も家族も、積極的な治療は希望していない。

息子さんがいて、時々電話はくれると言っていた。しかしある時、息子さんは主治医に呼ばれ、母の実情を知らされた。母の予後は、おおよそ三ヶ月と聞き、彼の方が気落ちして眠れなくなり、具合が悪くなってしまった。おそらくその時点でホスピスを探すように言われたのだろう。その後もOさんは、しばらくデイケアに通ってこられた。よく頑張られたと思う。十月の後半、入所を希望していたホスピスが空き、移られた。Oさんが最後の日々を安らかに過ごされたと信じたいと思う。

今、後期高齢者の親御さんを持っている方に、ぜひ知ってもらいたい。「時々電話して、様子を聞いているから安心」などと思わないでほしい。久しぶりに、息子、娘が電話をくれたと思うだけで、親は嬉しくて、元気な声が出る。「大丈夫?」と聞かれれば、「大丈夫よ」と答えてしまうのだ。親のことを案ずるのなら、ぜひ時間を作って会いに行く算段をしてほしい。そして家の中に入ったら、以前のように、部屋は掃除されているか、片付いているかを観察してほしい。

以前と違って、ゴミが溜まったままとか、台所が乱雑に散らかっている、一つの部屋にゴチャゴチャ物が詰め込んである、などの変化が見られたら、親の老化は迫ってきていると考えて間違いはない。

どんな人も必ず歳を取るのだ。「こんなに汚しちゃダメ」などと怒ってはいけない。冷静に行動する時が来ている。

看護記録の役割

私は看護師である。「記録」と聞いて真っ先に思い浮かべるのは「看護記録」だ。

看護の仕事の三本柱は、知識、技術、記録である。疾患に対する正しい知識を持ち、医師の指示に従って、患者さんの症状を軽減させるため、適切な技術を駆使する。そして、実施したことを簡潔、明解に記録に残す。これが最低限必要な看護業務である。

看護記録に必要な三項目は、①客観的である②正確な内容と時間③必要な情報の網羅、だ。これらは学生時代に徹底的に叩き込まれた。特に実施時間については、その必要性を何度も確認させせられたものだ。患者に投与した薬剤名、含有量、そして投薬時間と回数は、必ず正確な記載が求められた。

仮に薬の変更を検討しなければならない事態が発生した時、この記録が確実な判断材料となる。私が結婚して子育てに専念し、十六年後にフルタイムで勤めたのは、服飾メーカーの銀座本店医務室だった。隔週に二時間ずつ産業医の健康相談があったが、それ以外は私一人で健康管理を担当した。とはいえ、産業医は銀座で開業していたので、時間を選べば疑問や不安に答えてくれた。

対象は地方の支店も含めれば千人。さらに、来店する顧客も対象であった。若さゆえの怖いもの知らずという面はあったと思う。

その頃、読売巨人軍は最強で、ある晩秋の日曜日、銀座本店のある目抜き通りで優勝パレードが行われた。その最中、六十代の男性が、地下一階の医務室に連れてこられた。

歩行も応答もしっかりしていた。椅子に腰掛けてもらい、状態を観察する。左上瞼と左頬全体に擦過傷がある。腫れて赤くなっている。出血痕はあるが止血している。痛みはあるが、さほどではないという。

付き添ってきた店員の話によると、人垣の最後列でパレードを見ていた時、転倒して顔面を打ち、メガネが吹っ飛んで割れたそうだ。最後列が当店の階段だったという。

私はすぐに外科受診が必要と判断した。外科での診察の妨げにならないような応急処置を考えた。すなわち、色のついた消毒液は使わない。傷の保護も滅菌ガーゼを広げ、ゆるやかに絆創膏で留めた。

急ぎ、メモを作った。日付、時間、氏名、生年月日、負傷時の状況、処置内容を記して、付き添う総務の男性に託した。二時間半後、彼が報告に来た。

「外科から戻りました。外科への途中で痛みが出たが、なんとか持ちました。左上眼瞼に、三個の微小なガラス片のような物が刺さっていて、眼球でなくて幸いだったと医者が言っていました。鎮痛、抗生剤の処方もしたそうです。記録も応急処置も適切だと医者が感心していました。鼻が高かったですよ」

私としては、健康管理担当者として当然の仕事をしたまでだと思っていたが、本音を言えば、やはり嬉しかった。

決断

企業の健康管理を担当する産業看護師として、十五年ほど働いてきた。その中で今も鮮明に記憶に刻まれているのがYさんである。

Yさんは四十をいくつか過ぎた、働き盛りの男性だった。一週間続いた秋の健診が終了し、ホッとしていた週明けの火曜日昼過ぎ。健診会社の担当者から電話が入った。

「〇〇部のYさん、要精密検査となりました。緊急を要しますので連絡を取ってください」

急ぎ、社内電話をしたが不在だった。事情を大ざっぱに説明して、携帯の番号を教えてもらったが、三回かけても繋がらず、メッセージを残した。終業時刻間際に医務室の電話が鳴った。Yさんからだった。

「先週の健診の結果、バリウム検査で要精密検査となりました。急ぎ、詳しい検査が必要です」と説明した。

その途端「困ったなあ」とYさんの困惑の声がもれた。「今、重要な案件を抱えていて」

と続いた。少しの沈黙の後、私は一つ深呼吸してから、

「お仕事が大切なのは分かります。でも……実は、影像診断の他にも貧血の所見が見られます。前回は正常だったので、消化管のどこかから微量の出血が続いていることが推測されます。今回はこちらを優先してください」

と静かに伝えた。

数秒後、彼はキッパリと言った。

「分かりました。上司に相談します」

決断してからの彼の行動は早かった。数日のうちに引き継ぎや連絡を済ませ、次の週の火曜に消化器内科を受診し、その日に入院となった。いくつかの幸運が重なって、入院後十日で手術が行われた。中でも特記すべきは、腫瘍が内視鏡で取れるギリギリの大きさだったことだろう。

一ヶ月半後、Yさんがピシッと決めて医務室に挨拶に来られた。私は「自覚症状はなかったのですか？」と彼に聞いた。「そう言えば階段を昇るたびに、足が重いなあと感じていました。強く勧めてくださって良かったです」と彼は頭を下げた。

この仕事が好き

十月最後の日、私は久しぶりに仕事の場にいた。一ヶ月前、元職場の上司から代役に入ってほしいと頼まれていた。昨年までは、夏休みを取る看護師の代わりに、何回か声がかかったが、今年は新型コロナのためか呼ばれなかった。

仕事はデイケアの看護師。通所施設の存在意義の一つは介護者（家族）の負担軽減である。入浴は、設備と知識がないと転倒させる危険が最も高く、デイケアで入浴を済ませ、昼食とおやつを食べてきてくれることは、家族にとって大きな助けであり、安心でもある。通ってくる高齢者を私たちは「利用者さん」という。私が退職してから三年と少し。在職時からの顔見知りの利用者もいて「あら〜久しぶり」と懐かしんでくれる人もいたが、ほとんどが初対面だ。

八時過ぎに職場に入り、次々と車で到着する高齢者に、手洗い、うがいをしてもらい、名札のある席に導く。他のスタッフがお茶出しし、全員揃うまで待ってもらう。その間に私は血圧計、体温計と記録板を持って、テーブルの間を飛び回る。バイタルチェックと体調の観察をするのである。最も注意を要するのは、氏名を間違えないこと。次は声をハッキリ、大きく、そして明るく。十時頃には全員、十数名が揃った。その日、体調が悪く、入浴中止の人はいなかった。

仕事に入る前、不安に感じていたことがあった。持病の腰痛があることと、事務作業を忘れていないかの二点だ。しかし全くの杞憂に終わった。腰は痛まず、タブレットの入力も、やり始めるとスイスイ進んだ。利用者との会話は楽しかった。入力終了後、入浴が始まった。順番を待つ利用者と、歩行機能維持のための足の体操をした。昼食前には、皆の前で口腔体操の模範を示しながら一緒に行う。誤嚥防止と唾液分泌を促し、消化機能を上げるための大切な仕事である。配膳を手伝っていると、「今日のお口の体操の説明、分かりやすかったね」と利用者同士の会話が聞こえ、嬉しかった。一日があっという間に過ぎてしまった。

帰路、少し足の疲れを覚えたが、心は晴れ晴れとしていた。この仕事が好き。しみじみ思った。

助っ人Fさん

ＩＴ機器の進歩についていけない私だが、半官半民の事務所で医務室のナースとして仕事をしていた時はパソコンを使っていた。

人事への業務報告、社員への告知などはパソコンの掲示板に載せた。最終的には出退記録もパソコンになった。出勤するとすぐにパソコンを開けて、指先でポチッと押す。医務室に私がいることを確かめて、体調の悪い人やメンタル不調の人が相談にやってくる。

種々の業務の中で、一番悪戦苦闘したのが、毎年の定期健診の名簿作りであった。東京本社と近郊の関連事業所、人員七百余名の受診予定表を作る。週五日間の午前午後十五分を一枠として十八枠。一枠に四、五人を割り振っていく。

健診一ヶ月半前になると、『定期健診のお知らせ』をパソコンの掲示板に載せる。気の早い人、のんびりしている人、さまざまだったが、十日の期限内に、ほぼ全員から希望の日時が届く。それを、順次埋め込んでいく。一週間しないうちに、約七百人分のきれいな割り当てが出来上がる。しかし問題はそこからである。希望日に会議が入った、外勤が入ったなど、いろいろな理由で変更希望が届く。それを、なんとかやりくりしてホッとしたのも束の間、第二弾の変更希望が届く。泣きたい気持ちになるのだが、泣いている場合ではない。しかし、不思議と最終的には、いつもスンナリ収まるのだった。

定期健診の受診率は、私が担当していた時期は、大抵九割近くまでいった。

今、思い返せば、経理部会計課のFさんにはずいぶんお世話になった。彼女の助けなしには業務を遂行できなかった。夢中になってキーを叩いているうちに、パソコンが固まってしまう。どこをどうしても動かない。自分が何をして固まったのか見当もつかない。困り果てて、Ｆさんの顔を思い出し、社内メールを開き、『Ｆさん、仕事の区切りがついたら、医務室に降りてきてください』とヘルプをお願いする。彼女は小一時間もすると現れて、キーを叩き、五分もかからずに元に戻してくれた。

「どこを直したの?」と質問する私に、彼女は静かに笑って、いつもこう言った。

「また固まったら、戻しにきますよ」

彼女はきっと、私が訳も分からずにパソコンに向かっていること、短い時間で私に理解させるのは、大変だということが分かっていたのだろう。

高齢者の急増と施設が足りない現実

七十六歳になった今も、週一回、土曜日にデイケアの看護スタッフとして仕事をしている。私は七十を過ぎたところで、「もうこの仕事で見るべきものは見た」と思い、一旦辞めた。しかし、二年が過ぎた頃、暇を持て余して、「週一度くらいは、まだ仕事ができるのではないか」と思うようになった。

この施設には、急なナースの欠勤が生じた時に、ピンチヒッターとして呼ばれていた。その時に他のスタッフから、土曜担当のAさんが故郷、東北のある県に家を建てて帰るらしいという情報を得ていた。そこで私は所長のMさんに、「土曜日が空いたら、私を雇ってください」と、図々しく申し入れをしていたのだ。

しかしコロナが勃発し、資材の入手が滞り、Aさんの家の完成が延びて、実際に私が土曜日担当のナースに戻れた時は、七十五歳になっていた。

出戻りで仕事をするようになっても、仕事の進め方は基本的には当時と変わっておらず、やっているうちに徐々に記憶も戻ってきて、なんとかやれるものだと安堵したのである。

しかし、変わったこともあった。昼食前、高齢者の前に立って行う「口腔体操」はナースがお手本を見せて一緒にするのではなく、ビデオのお姉さんと共に行うようになっていた。

五年前と最も違っていたのは、利用者の高齢化の深刻さであった。

実は、この個人経営の小さなデイケアには、十年前の立ち上げの頃から私も関わっていた。その十年前と比して、スタッフの仕事量は数倍大変になっていた。移動や排泄に介助の手が必要な人が増えていたのだ。

開所した頃に、トイレ介助の必要な人は二、三人だった。その頃は午後のレクリエーションは看護職の私も加わって、トランプやすごろくなどのゲームをしていた。しかし、今では様子が変わってしまった。ゲームのルールを説明しても理解できない、できてもすぐ忘れてしまう人の方が多くなっていた。スタッフはやさしいゲームを考え、そのための用具を手作りして、レクの時間を楽しく過ごせる工夫をしている。

先日の勤務の実態を記せば、利用者数十三名中、車椅子利用者三名、歩行器利用者三名、杖歩行三名。この三名中、二名は歩行を始めたら見守りが必要。躓《つまず》いたり、膝折れが見られたりするので、すぐ手が出せる近距離についている必要があった。車椅子、歩行器使用者のほとんどにトイレ使用時は付き添い、または介助が必要である。衣服の着脱に介助が必要な人は半数近く、残り半数の人にはトイレに着くと「あとは自分でできますか？　では、用が済んだらこのボタンを押してください」と言って、トイレを離れる。ブザーが鳴ったら迎えに行く。つまり十三名中、トイレ自立者は四名のみということである。

認知の程度も、軽い物忘れのレベルから、食べられる物か、食べられない物かの区別ができない人まで、さまざまである。トイレから出てきて、自分の席がどこか分からなくなっている人を見ても、驚かない。さり気なく「○○さん、今日の席はこちらです」と自然に導くのは当たり前になっている。

それぞれのテーブルの席に、前もってヘルパーが、その人に合ったゲームやクイズを考えて、用意しておく。絵と同じ形の物を置いて下さい、というゲームで使う、星や丸や三角のスポンジを食べようとする人もいる。食事の後、自分の入れ歯を空の弁当箱に入れようとしているのを目にした時は、びっくりした。すぐに飛んでゆき、「違う違う、これ返したら困るでしょ」と言って、口の中に戻してもらった。

「二十年前だったら入所していた」くらいの認知度の高齢者を、今は家族が家でケアしているのが現実だ。高齢者施設が絶対的に不足している。老人看護、介護を学んでいない家族が、先の見通しも立たないままに、老人を看ている。中には、認知症が急に進んでしまう人も、身体能力が急速に衰えてしまう人もいる。介護する家族も、される人にも大きなストレスだろう。

私たちは仕事として、八時間関わっていればいいのだから、細心の注意を払い、優しく接することが可能だ。そして一日の仕事が終わった時、「ああ、今日も何事もなく過ぎて良かった」と喜びを感じることもできる。しかし家族は違う。デイから帰ったその時から、また終わりのない介護が始まるのである。

高級な老人ホームではなく、庶民にも支払い可能な一般的な高齢者施設を国に早く建ててもらうしかない。一定期間が過ぎて高齢者が減ってきたら、転用可能な建物であることは必須だろう。

四代続く看護職なるか

十二月二日は母の命日だ。母の帰天から、もう八年になった。喪失感と悲しみと共に歩んだ三年間は辛かった。

母は看護師として生きた。その母を見て私が感じ取ったのは、母の芯の強さと逞しさだった。昭和四十年代、日本の一部の男性の中には看護師を蔑視している人がいた。父母が争いをしている中で、父の口から何回かそれらしい言葉が発せられたのを記憶している。

母はよく口にした。「これからの時代、女性は、男に頼って生きていてはダメ。女性もいざという時、まとまったお金くらい持っていなければ」と。

長じて私は看護師になった。母の影響を受けたのは確かだが、自分で決めた。看護師育成の短大を目指していることを知ると、父はやめさせるように言い、それに従わない母に暴力を振るったそうだ。後になって母から聞いた。

そこまで反対していたのに、父は面と向かって私には何も言わなかった。

私の看護師としての働き方は、家庭生活を中心に置いたので、日勤で済む仕事を選んだ。

私の娘は、医療系の総合大学の看護学部を出て、保健師、看護師の資格を有している。現在、高三の娘と五歳の息子を育てながら、週の半分、居住地近くのクリニックで看護師として働いている。

その高三の孫が今、看護大学を目指して受験勉強中である。昨年の夏頃は進路を決めかねていたが、冬休みにハンバーガーショップでアルバイトを経験し、思うところがあったのか、昨年夏から看護師に目標を定め、猛然と勉強を始めた。ある日、娘から電話があり、「模試で、希望のA大学はB判定が出たのよ」と、いつもは辛口の娘も嬉しそうな口調だった。

私は母の遺影に語りかけた。

「マーさん、あなたの曾孫のYちゃんが、看護大学に合格したら、四代続く看護師になります。あなたの点けた灯火が、大切に受け継がれているのです」

看護師が蔑まれるような仕事ではない。それは私が一番よく知っている。

令和五年初夏の今現在、孫娘は、K大学看護学部に合格して活気に満ちた日々を送っている。私や娘の時代と違って入学して間もない六月の半ばから、早くも病棟に出る実習が始まっているそうだ。

この仕事、嫌ではありません

四月のある日、通所してまだ一ヶ月のTさんと、印象に残る接点を持った。Tさんは、九十歳近い痩せ型の男性。歩行が不安定で、歩行器を使用している。彼はいつも憮然として卓に着いていた。同じ卓の人ともスタッフとも会話はなかった。しかし、最近はアイコンタクトと身振り手振りで、意思の疎通が可能になってきている。もともと口数の多い質《たち》ではなかったのだろう。おそらく通所は彼の意思ではなく、ご家族の希望だと思う。

その日の午後、彼が唐突に立ち上がった。「トイレですか?」と尋ねると、頷いた。そばにいた私が歩行器を彼の前に回し、付き添った。トイレに入ると下着を下ろし、便座に座らせた。咄嗟に、彼の歩行が不安定であること、衣服の着脱も不可であることを考え、「私、ここにいますから」と言って、彼に背を向けた。拒否はなかった。三分ほど待った。

「済みましたか？」と振り向くと、彼の不安そうな目があった。

小さい方は音がしていた。近寄って、手すりに掴って立ってもらった。便器の中に適量の大便が沈んでいた。濡れティッシュで丁寧に肛門を拭い、着衣を整えた。すると徐《おもむろ》に彼が言った。

「あんた、こんな仕事辞めなさい」

私は静かに答えた。

「この仕事、嫌だと思っていません」

「そうか」

一言だけだが、小さな声が聞こえた。たった、これだけのことであったが、ほんの少し、彼と心が通った気がした。

Tさんが通所を始めて八ヶ月になる。ほとんどお休みもなく通ってこられる。

相変わらず会話は多くない。彼が気に入っているのは、日本列島を三分割したジグソーパズルだ。ピースの形を確かめながら埋めていく。ヘルパーがクイズのコピーなどを卓に置いておくが、興味を示さない。筆圧はかなり弱くなっている。

以前、レクの時間にパターゴルフをした時、明るい表情でインを決め、他の利用者やスタッフの拍手を受けて、嬉しそうだったのが印象に残っている。

デイケアでのナースの役割は、バイタルチェックによる入浴の可否の判断、足の機能訓練、口腔機能の向上と観察、急病者が出た時の対応などである。

曜日にもよるが、利用者十数名のうち、自立歩行可能の人が半分もいない。一人の利用者も転倒させないよう、スタッフ全員で、絶えず全体に目を配っている。高齢者にとって、転倒は身心へのダメージが大きいのだ。

通って来られる間は温かく

世の中に、数多《あまた》の職業があるが、一日の仕事が済んで、職員だけになった時、「今日も何事もなく穏やかに終わって、本当に良かった」と、仲間同士で喜び合えるのは、デイケアで働くことの醍醐味ではないだろうかとこの頃、しみじみ思う。

「何事もなく」とはいうものの、小さな変事はしょっちゅう起こる。コップをひっくり返してテーブルと床を濡らすとか、誰かがご飯をこぼすとか……。その時、慌てず、騒がず、素早く元に戻すのが腕の見せ所である。

ここ半年ほどで、認知機能の低下が著しいAさん。八十代後半の女性である。

今、食事の仕方が分からなくなってきている。歯磨きは、歯ブラシに水をつけ、ペーストをつけてあげないと、やり方を忘れている。すすぎは「ブクブクペッってしてね」と、説明する。その都度、教えてあげれば、まだ食事も歯磨きもできる。

その日のおやつは、カットされたバウムクーヘン。飲み物は希望を聞いて回る。Aさんは砂糖入りのミルクコーヒーを選んでいた。それぞれに、おやつと希望した飲み物を配った。

しばらくしてふと見ると、コップを口に当てて、Aさんが激しくむせていた。これは誤嚥に繋がる。「どうしたの?」と彼女のコップの中を見ると、たっぷりコーヒーが滲み込んでグチャグチャのバウムクーヘンが沈んでいた。食べ方が分からなかったのか、落としてしまったのか。

「ちょっと待って」と、私はキッチンへ走ってスプーンを持ってきた。赤ちゃんにするように、すくってバウムクーヘンを口に入れてあげた。Aさんは照れたように笑いながらおいしそうに食べた。

その時、ちょうどそばを通った所長のMさんに、私は、

「Aさん、いろいろなことが分からなくなってしまって。いつも気をつけていないと。もうデイで看るレベルは超えていますよね」

と、言った。

その日、入浴担当だったMさんは、

「入浴の時も結構大変だったよ。どうしたらいいか、分からないことが増えて。でもね、こんな手のかかる人を、デイに来る週三以外は四日間、二十四時間、家族が看ているんだよ」

そう言って、フロアの隅のパソコン机のある小部屋へと向かった。彼はここの責任者なので、外部との交渉、連絡、報告など忙しいのだ。

私は、彼が言外に匂わせたことを瞬時に理解した。きっとこう言いたかったのだ。

『Aさんは小柄で杖歩行でまだ移動は可能だが、いずれ認知ももっと低下し、介護度も上

がって、来られなくなる日がくる。それまでは、できる限り温かく見守り、世話してあげようよ』と。

Mさんは、年齢は四十歳と少し。私の息子より下である。この仕事に就いて十年以上もの間、人が老いていくことの哀しみも残酷さも見てきている。その上での優しさを持っている人だ。上から目線の高圧的な物言いをしたことがない。

私がこのデイケアに来たのは、新聞に挿《はさ》まれていた求人広告に応募し、採用されただけだ。決して彼の人柄を知っていたのではない。職業人生の最後に、Mさんと共に働けたことに感謝している。自分の年齢からして、いつまでこの仕事を続けられるのか分からないが、今日の彼の一言を胸に納めて、終わりの日まで働こうと思う。

第三章　周辺雑記

勇気にエール

　令和三年三月初旬、孫の勇気《ゆうき》と私は早朝に家を出て、東京駅七時二十七分発のこだまに乗っていた。車内は明るく静かだった。空席を挟み、前方を向いて着席した人々は、それぞれの想いの中にいるようだった。私たちは、ひたひたと寄せてくる幸せな気分に満たされていた。静岡県のH医科大に合格した勇気の、春からの住まいを決めるための旅であるからだ。

　勇気の父で私の長男、岳《たけし》。彼は外務省の医務官として南アフリカのM国にいる。勇気は父の前任地、中米の国Hのアメリカンスクールで高校生活を送り、カナダのT大学に合格していた。渡航手続きや銀行口座を開くために帰国していたのだが、コロナウイルスの猛威は衰えるところを知らず、感染が拡大するばかりで、カナダのビザは下りそうにもなかった。

九月からオンライン授業が始まっていた。

十月下旬の夕方、居間でテレビを見ていた私のところに勇気が来て言った。

「おばあちゃん、人生相談にのって。いい?」

「いいよ」

ソファに並んで座り、彼は話し始めた。

「オンライン授業が始まって二ヶ月近くになるけど、ちっとも楽しくないんだ。孤独だし、モチベーションが湧かない。この前、用があって御茶ノ水に行った時、順天堂大と東京医科歯科大の近くを通って、医学生や研修医の白衣の集団を目にした。談笑しながら歩いている彼らは、眩しく輝いて見えた。自分もあの中にいたいと強く思ったんだ」

一瞬、言葉が途切れた。

「日本の医学部を受け直したいと思うんだけど、どう思う?」

私も少しの間考えた。

「私は企業の健康管理を担当するのが仕事だった時があって、大勢の若者の話を聴いてきたわ。その経験から言えるのは、あなたの場合、自分の希望に忠実に行動した方がいいと思う。自分と十分に対話して、揺るがぬことを確信できたら、どんなに大変でも挑戦した方がいい。理由は明確、あなたが歩むあなたの人生だから、答えを出せるのはあなたしかいない。

周囲の事情に合わせて自分を抑えたり、自信が持てず諦めて、悩み苦しんだりしている人をいっぱい見てきたわ。おばあちゃんは、彼らの苦しみの核にあるのはトライしなかった自分への怒りだと感じた。トライしてダメだったら、人間諦められるらしいのね。ただ、あなたのパパの許可はもらわないとね。保護者だから」

勇気は、その日のうちに父親に電話したらしい。岳も反対はしなかったようだ。

その後の勇気の行動は素早かった。帰国学生を受け入れる大学を調べ、受験校を決めた。大型書店で参考書を購入した。書棚が埋まっていった。全てを小遣いで賄った。時期的に塾には間に合わず、家庭教師を探している暇もなかった。本格的に勉強に取り組みだしたのは、十一月からである。十二月に入ってからは、食事が終わって食卓を離れる時、小さい声で「時間がない。時間が足りない」「時間を無駄にできない」と呟いているのをよく聞いた。

令和三年に入ると、ほとんど外出せず、一日中机に向かっていた。食事と入浴とトイレの時間以外は、ずっと勉強していた。

二月初めの土、日が受験日だった。受験を終え、午後七時過ぎに帰宅した彼は疲れ切っているように見えた。発表は二月中旬。その日が近づくにつれ、彼はナーバスになり無口になった。気持ちは分かる。静かに見守ろうと夫と話した。

発表日、指定の時刻にパソコンを開いた。彼の受験番号はあった。彼は「信じられない！　ヤバイ、ヤバイ」と部屋の中を歩き回った。今の若者は、こんな時に「ヤバイ」と言うのだと、私はそちらの方に驚いた。

興味があって、H医大のプレゼンの課題を勇気に尋ねた。

「自然界にいる生物の身体の構造を述べ、それを人間の生活、ひいては医学にどのように役立てられるか、十分で考え、五分でまとめよ」というものだったそうだ。

勇気は、

「いつもそういうことは考えていた。高校の授業でやったこともある。だからアピールはできたと思う」と言った。そして、「運が良かったよ」と遠くを見る目をした。

「運がいいだけで、受かるとは思えない。あなたの努力する姿をじっくり見せてもらった。以前話してくれたような病の子供を救える医師になってほしい」

と、心の中でエールを送った。口に出したら、彼はきっと照れてしまうだろうと思いながら。

渡せなかった週刊誌

週刊誌を買ったことはほとんどない。病院か美容室で順番を待つ時に、手にするくらいだ。コロナ禍の今は、それもない。しかし、遠い記憶を辿ってみたら、一度だけ、意志を持って週刊誌を買ったことがあった。

結婚に定型などあるとは思わないが、それでも私たちの結婚は、型破りだったと思う。

その頃、彼と私は同じ企業に勤めていた。私は看護師で、社員の健康管理が仕事だったから、年に二、三度は健診や他の要件で、顔を合わせてはいた。私の方が社歴は一年上だった。

ある夏の日、彼から電話があった。スマホなどない時代である。ちょうど私が出た。名前を聞いてもピンとこなかったが、話しているうちに実像が繋がった。

「今、仕事で名古屋にいるんだけど、明日、東京に戻る。ついては、ぜひ会ってほしい。話したいことがあるんだ」

特に予定もなかったので了解した。だが、実際に会うまでなんの話か見当がつかなかった。

翌日、約束の喫茶店に私の方が早めに着いた。二十分後、彼は汗を拭き拭き現れた。店内で向かい合って座ると、彼は一方的にしゃべりだした。「今まで、自分は説得力を身に付けるため学び、仕事もしてきた。友人は大勢いて、それは誇りでもある……」と、途切れなく、とくとくと続くのである。私は混乱した。なんのために私はこの話を聞いているのか分からなかった。これでは埒があかないと思ったのだろう。彼は言った。

「三週間後にアメリカに留学のため、旅立つ。その前に君と婚約しておきたい。帰ってきた時に君が一人でいると思えない。承知してほしい」

あんなに驚いたことはない。結局、私は彼に押し切られ、三日間考えて承諾した。

出発前日の夜、彼から連絡が来た。

「明日は見送りに来ないで。君のこと、親と兄以外に言ってないんだ。思いのほか、大勢見送りに来てくれることになって、恥ずかしいから」

私は言葉を失った。有休を取ったし、機内で退屈しないよう、週刊誌を二冊買って手渡すつもりだったのに。

今の私なら黙ってはいない。「親戚知人に紹介して恥ずかしい女なんですか、私は」と息巻くだろう。経験と時間は人を変えるのだ。

紫いろいろ

私が小学六年まで暮らしたのは、鎌倉市稲村ガ崎。家は小高い山の天辺《てっぺん》にあった。周囲は松の木ばかり。眼下は海だった。夏ともなると、海岸でさんざめく人々の声が固まりとなって這い上がってきた。通りに出るには、人が一人やっと通れるほどの狭い道を下りるしかなかった。そのクネクネした道の途中、少し開けた石垣の上に、K子ちゃんの家があった。

彼女は私より二つ下。色白の可愛い子だった。私たちはすぐに仲良くなり、遊ぶようになった。彼女は祖父母の家に、お父様とお父様の弟と五人で暮らしていた。お母様はいなかった。その理由は聞けなかった。

ある日、「今日はおじちゃまがお出掛けだから、ナイショでこのお部屋の探検をしましょ。絶対、誰にも言っちゃダメよ」と、K子ちゃんは声をひそめて呟いた。

「このお部屋に入ってはいけませんって言われてるの」

初めて襖《ふすま》を開けたその部屋は別世界だった。とてもキラキラとキレイだったので、思わず言葉が出てしまった。

「女の人のお部屋じゃないの？」

彼女はキッとなって言った。

「おじちゃまよ」

十畳ほどの広さの中、薄紫の絨毯が敷き詰められ、壁際の大きな鏡台には化粧品がズラリと並んでいた。中央の寝台は、子供が上れないほど高く、フリルで囲まれていた。布団は光沢のある紫色。カーテンの色も揃えてあった。

私たちは気圧《けお》されて、あえなく探検は頓挫し、即刻退散した。

「今日のこと、内緒よ」

K子ちゃんは重ねて念を押した。私は黙って頷いた。

中一の秋に、我が家は長野へ引っ越すことになった。その頃には、通う学校も違い、私たちは遊ぶ機会もなくなっていた。「さようなら」も言えなかった。

紫色は高貴な色、憧れの色でもある。きれいだが、私はこの色のものを一つも持っていない。合わせる色が難しい。紫色を着こなす自信は全くない。

今頃、彼女はおばあちゃまに似て、美しくたおやかな老婦人になっているだろう。紫色の着物が似合うような。

母の隣の席

コロナ感染症第五波の緊急事態宣言が解除されたのが、十月七日。私の暮らす集合住宅のフィットネスルームも、また再開された。使用できない期間は、仕方なく徒歩十五分の都立木場公園を歩いた。自然の中を歩く方がいいという人もいるが、私は室内でのトレーニングも捨て難いと思っている。まず、どんな天気でも大丈夫。玄関を出てエレベーターで降りていけば、すぐ始められるのが気に入っている。

しかし問題もある。本来、トレーニングは黙々と励むものと考えるが、若い女性が三人も集まると、姦《かしま》しいことこの上ない。多人数で使用するので、それなりの規則があるが、守らない人もいる。その場面に遭遇したら、キチンと注意すればいいのだが、少々覚悟がいる。そういう人と一緒になったら、私は次回からその時間を避ける。姑息なやり方だと思うが、注意するための心理的圧迫からは逃げたい。

朝、九時前後にジャージに着替え、スポーツタオルを首に下げ、麦茶と上履きを持ってフィットネスルームに降りていく。

私はマシンのベルトの上を歩く。十メートル歩くのに十五、六歩。一キロで十三分と少し。毎回四キロ少し歩き、消費カロリーは三百キロカロリーほどの運動である。

歩き始めて五分くらい経つと、頭に汗が滲んでくる。十分までは身体が重い。辛いなあと感じるが歩きは止めない。足元に注意を集中する。二キロ続けると身体中に血液が巡るのか、一瞬軽くなった感じがする。五十五分過ぎるとマシンがピッと鳴って、残り五分のクールダウンに入る。

一秒ずつ残り時間が減っていくと、毎回、説明し難い気分に襲われる。悲しいような切ないような思いに囚われるのだ。私の人生が一秒ずつ少なくなっていくんだ……と。しかし考えてみれば、可視化されないだけで、一生が一秒ずつ短くなることは、厳粛な事実である。

六年前に母を送ってから、『死ぬこと』が未知の恐ろしいことではなくなった。母が必ず隣に席を確保して待っていてくれると信じる。

子供を育てるということ

八月最後の土曜日、朝の食卓でテレビを観た。「子への虐待」を取り上げていた。三十代の母親の背中が映っていた。コロナ禍の今、イヤイヤ期の二歳児を育てている。大声で泣きわめき続ける我が子を、どう扱っていいか分からない。寝室へ連れていき、ベッドに叩きつけ、鍵をかけて放っておく。このままだと虐待しそうで怖いのだと。現在、夫と子供と離れて暮らしているという。

発達心理学によると、母親は生まれ落ちた子供に「自己肯定感」を与えるという重要な役目を担っている。子は胸と腕に包まれ、温もりと鼓動を感じ、空腹を満たされて、無条件の愛を感じる。この世に存在することを許されたのを信じるのだと説く。これが「自己肯定感」の基になる。この初期の獲得が不十分であると、長ずるに従い、生き辛さを感じるようになる。原因の認識がしづらいゆえ、苦しいのだ。

一緒に番組を見ていた夫が聞いた。

「君は子供たちが二歳の頃、どうしてたの？」

「今と違って外出は自由だったから、ベビーカーに乗せて外へ連れ出したわ。気分が変わって、大抵泣きやんだわよ。二番目のさーちゃんには激しいイヤイヤ期はなかったと思う」

五十年前の子育ての頃を思い出して答えた。

私は、男の子と女の子を一人ずつ授かり、育てた。上の男の子は活発だった。彼がイヤイヤ期の二歳の時、二人目が宿った。悪阻《つわり》が酷くて朝から動けなかった。とにかく常に気持ちが悪いのである。夫が仕事に出ると、息子と二人きり。母は不機嫌で、構ってくれない。何度もトイレに駆け込みケッタイな音を立てている。彼にしてみたら、訳が分からなかっただろう。

ある日、どうしてもアイスが食べたいと言いだした。私は彼に提案した。

「ターくん、一人で買いに行ってみる？」

初めキョトンとしていたが、しばらくして、

「行ってみる」

と言いに来た。何度確かめても「行く」と言う。

「家の前に、車の走っている大きな道があるでしょ。あの道は危ないから、少し先の歩道橋を上がって、向こう側に行けば大丈夫だよ」と、よくよく言い聞かせ、手提げと財布を持たせた。

彼は意気揚々と玄関を出ていった。三歳に満たない子を一人でお使いに出すのは初めてである。家は五階建ての四階。当時エレベーターはなかった。ベランダに出て、彼が出てくるのを待った。あの小さな足で一段ずつ下りるのである。時間がかかるのは当たり前と思いつつ、彼の姿が見えるまでの時間は、とてつもなく長く感じた。チラッと彼のシャツの背が見え、また見えなくなった。彼は、安全な歩道橋を渡る方を選んだのだ。

長い時間かかって、彼は帰ってきた。玄関を入ってきた彼は得意気だった。

二人ソファに並んでアイスを食べた。次の瞬間、アレッと思った。口に食物を入れると必ず襲ってきた吐き気が消え、アイスはスムーズに喉を下りていった。

私が、カウンセリングや発達心理学を学んだのは、下の子が中学に入って再就職を果たしてからである。企業の健康管理を担当するようになって、メンタルケアの必要性を痛感し、熟慮して自主的に始めた。学びが進むごとに、自分が子育てをする前に習得しておきたかったと思ったものである。子育てでは、親だけが犠牲を払い、大変な思いをしていると決めつけてはいないだろうか。そうではないのだ。子供にも多くのことを我慢させていたのだ。今なら分かる。「自己肯定感」を与えつつ、身体と精神を同時に成長させていかねばならない。

子育ては息の長い仕事である。そして、最も厳しいと私が感じるのは、結果が出て、やり直したいと思っても、それがほとんど不可能であることだ。

とはいえ、難しい理論など知らなくても、母性本能に従って、慈しみ、愛せばいいとも思う。太古の昔から母親が延々と続けてきたように。今、私の子供たちが子育ての真っ最中である。後方から静かに見守ろうと思っている。

長身白皙《はくせき》の人

中学三年二学期の終わり、父の仕事の関係で、長野県岡谷市から神奈川県川崎市へ急に引っ越すことになった。あと一週間で二学期が終わるという時だった。その一週間、父母は私を知人に預け、先に出発した。父のよく知った老夫妻だったが、私は初対面だった。穏やかな優しい人たちだった。

川崎への出発前夜、私は初めて大胆な行動をとった。長野の十二月は寒く、すでに暗かったが、夕食後、こっそり仮の住まいを抜け出したのだ。

T君に会いたくて、歩いてT君の家へ向かった。T君はH中の放送委員長で、月二回ほど、昼休みに彼の担当する短い番組があった。季節の話題の後に、彼の選曲による曲が流れた。私は、この時の彼の声に恋したのかもしれない。低い落ち着いた声は素敵だった。違う組だったので、二人だけになったことも、特別なエピソードもなかった。ただ憧れていた。

Ｔ家に着くと、ドキドキしながら玄関の呼び鈴を押した。お母さんが出てきた。「Ｈ中三年の者です。Ｔ君いますか?」と尋ねると、お母さんは「あー今、お風呂に入ったところだワー」と言った。アッケラカンとした感じだった。次にどう対応すべきか分からず、「じゃ、いいです」と玄関扉を閉め、後退りで辞した。

呆然として歩いていると、小さな公園があった。ボンヤリ照らされた灯の下のベンチに腰掛けた。急に悲しみが込み上げてきた。顔を両手で被って泣いた。誰もいないのでしゃくりあげて泣いた。次から次へと涙が流れて落ちた。Ｔ君にはもう一生会えないのだ。そう思うと涙が止まらなかった。

翌日、私は誰にも見送られずに、一人、中央本線の東京方面行きの電車に乗った。初めての一人旅だった。窓際の席に座り、外の景色を眺めた。市街地を抜け、山間部に差し掛かると列車は速度を上げ、緑の固まりが次々と背後へ流れていった。ああ、こうして私の想いも流れて消えるのだと思った。

予感通り、その後Ｔ君と会うことはなかった。Ｔ君は、私の中で今も長身白皙《はくせき》の青年のままである。

グレイ

グレイに初めて会ったのは六月十一日だった。新型コロナウイルス感染予防のための「ステイホーム」というが、その弊害は二週間経たぬうちに現れた。運動不足で熟睡できなくなってしまった。解決策として、ウオーキングを日課とした。愛称「豊洲ぐるり公園」を歩くのだ。春のこの公園は海風が心地よい。

この公園は豊洲市場の周囲、四・八キロを囲み、上、下二つのコースが整備されている。東京湾に面し、下のコースは幅三メートル、レンガと敷石で覆われ、そこから二十五度の角度で斜めの土手が築かれ、芝が植えられている。土手の上は、一・五メートル幅のレンガの道だ。

歩きだして一ヶ月半、いつものように歩いていて、ふと目の端に不自然な動きを捉え、凝視した。

頭と胸、尾羽が黒く、背は灰色。尾羽は細く長い小鳥だった。雀より大きく、鳩より大分小さい。不自然な動きの原因はすぐ分かった。右足の足首から先がないのだ。平地を動きながら、餌を啄《ついば》んでいる。これでは飛ぶことはできても、枝に掴まることはできないだろう。健気な姿に胸を衝かれ、思わず「頑張るんだよ」と声に出していた。家に戻るまでに彼に名をつけた。背が灰色だから『グレイ』。単純だが気に入った。その後の二、三日は雨降り。家に籠っていた。四日後、同じ道を折り返して戻る私の目の先に、ピョンとグレイが飛び出してきた。

「生きていたのネ。良かった」

思わずそう呟くほど、嬉しかった。グレイは土手の縁石と敷石の隙間に嘴を入れ、蟻を食べた。五分ほども立ち止まって彼を見ていた。

その後二週間、彼に会えなかった。七月一日、下の道を戻る時、土手の中ほどに動く物があった。私は上に移動するグレイを追って階段を上った。彼は驚き、市場の方へ羽ばたいていった。足は見えなかったが、あの動きは間違いなくグレイだった。

見えないウイルスに脅え、不安に潰されそうになるが、グレイに倣って今の状況を受け止め、従容《しょうよう》として生きていこう。そう思った。グレイ、生きていてくれてありがとう。心の中で呟いた。

公園にて

コロナ禍により、私の生活は変わった。おしゃれをして外出する機会はほとんどなくなった。

朝六時起床。夫は朝食の準備、私はベッド整頓である。夫の定年退職後に、役割分担するようになった。洗濯物は、食事の前にスイッチを入れておくと、朝食と片付けが済む頃に仕上がっている。干してから食卓で新聞を広げる。ゆっくり目を通す。

痛ましいニュースも、腹立たしいニュースもある。今、私の気持ちを明るくしてくれるのは二人の若者である。大谷翔平君と藤井聡太君。二人とも目覚ましい活躍をしているのに、少しも驕ったところがない。素晴らしい青年たちだ。

新聞を読み終わると散歩に出る。大体九時半頃になる。行く先は決まっている。都立木場公園である。日射しが強くなってくると、前出の豊洲ぐるり公園は高い木立が少なく、暑くて散歩どころではなくなるのだ。しかし木場公園の春は紫陽花が美しい。手入れの行き届いた花壇では、色とりどりの花が風に揺れている。涼しい陰を作る木立もたくさんある。鳩が地面を突っついている。彼らは人を恐れず、そばを歩いても逃げない。木の上では小鳥が賑やかに鳴き交わしている。リタイア後の身で、急ぐ用事もない。ベンチに腰を下ろし、小鳥の声を聞きながら、持参の麦茶を飲む。ゆったりいい気分だ。

おそらく、私と同じ健康維持の目的で歩いている人も多いことだろう。ゆっくりと通り過ぎた、痩せ型で背の高い男性の後ろ姿が父によく似ていた。

父は四十年以上前、七十歳で身罷った。亡くなる前の五年ほどは、慢性閉塞性肺疾患で入退院を繰り返した。長い間の喫煙が原因だったが、それについて話し合ったことは一度もない。

父は厳しい人で、私たち兄妹の唯一の目標は「父を怒らせないこと」だった。父が我が子の情報を知るのは、いつも母を通してだった。それは私たちが成長しても同じだった。父は淋しかっただろうなと、この年になって思う。父は今の私のように、のんびり寛いだ時間を持てたのだろうか。

久しぶりに父を思い出し、束の間の感傷に浸った。「ヨイショ」と声を出して立ち上がり、木陰を拾って帰路に就いた。

君に釘付け

私の家から徒歩七、八分の所に、中規模のショッピングモールがある。その日はクリスマスまで、あと一週間という日だった。この時期、午後四時ともなると、夕闇は黙って降りてくる。

家に帰るため、そのショッピングモールの中庭を通った。ショッピングモールの出口から、三歳くらいの男の子とお母さんが出てくるのに気付いた。ベビーカーには荷物が載っていて、お母さんは子供を歩かせていた。子供がクリスマスツリーの前で止まった。

そこには、直径六メートルの円の中に、さらに円形の台が作られ、その上に高さ五メートルほどのクリスマスツリーが作られていた。その年のツリーには、オーナメントは飾られておらず、ツリー全体が十二等分に区分けされ、その細長い三角は、それぞれ小さなL

ＥＤ電球で埋め尽くされていて、白、ピンク、黄、緑の光がアップテンポでリズミカルに点滅して移動しているのである。

男の子はツリーを見上げている。見開かれた目に踊る光が映っている。ふっくらとした頬、少し開かれた口唇《くちびる》、人差し指と中指と親指でつまんだような形の柔らかそうな小さな顎、全てが光に照らされている。帽子から少し出ている前髪は、光りながら揺れている。

私はツリーの眩《まばゆ》さよりも、彼の愛らしさに心を奪われ、釘付けになってしまった。どのくらい見とれていたのだろう。気付くとお母さんが、「もう、お家に帰ろう」と男の子に言っている。彼は首を横に振って動かない。お母さんは黙って彼を見守っている。

私は自分が子育てしていた五十年近く前を思い起こしていた。当時の私は余裕を持っていただろうか。長男は元気いっぱいで、昼間全力で動き回っていたので、六時頃に夕食を食べさせる時には、口に物を入れたまま眠ってしまうのである。

あの頃は、何時までにお風呂にお湯を張らなきゃとか、何時までには夕食を作らなきゃ、とか……頭の中はそんなことでいっぱいだった。

あの子のお母さんは偉いなあ。ゆっくり子供と付き合っている。夕食は家に帰って温めればいいようにしてあるのかしら？　お風呂は明日でもいいわと思える人なのかしらなどと思いを巡らせていた。

お母さんが「帰ろ？」と言った。今度は、男の子も素直に歩きだした。私も家に帰って夕食を作ろうと、彼らと反対方向に歩きだした。

岳、救急車に乗る

当時、小学校一年生だった長男の岳は、週一回、バスで十分ほどの水泳教室に通っていた。彼が練習に出掛けた日の午後四時過ぎ、夕食の支度に取り掛かろうとした時、電話が鳴った。水泳教室からだった。

岳が更衣室で友達とふざけ合っていて転倒し、コンクリートの床で頭を打った。彼は蒼い顔をして、気分が悪いと言っている。念のため、こちらの車で送り届ける、というのである。

私の頭は急回転を始めた。頭部を打って悪心があるなら、脳外科受診が必要だろう。四歳年下の岳の妹のさやかは、同道しない方が良いと判断した。お隣のHさんにお願いしようと思った。娘を連れてHさんのドアホンを鳴らした。事情を説明し、夕食を摂らせてほしい、眠くなったら寝かせておいてほしい旨をお願いした。奥さんは快諾してくれた。Hさんの所には、さやかより一つ下のYちゃんという女の子がいて、日頃から廊下やエレベーターで会うと挨拶やおしゃべりをする仲だった。

ほどなくして、岳が送られてきた。確かに顔色は悪く無口だった。「気持ち悪いの？」と訊くと頷き黙り込んだ。岳と、タクシーで脳外科のある病院の救急外来へ行った。

ところが彼は、順番待ちの間に噴水のように嘔吐したのである。その時、偶然居合わせた、患者を降ろしたばかりの救急車で、少し遠い所にある脳外科専門病院へ運ばれることになった。着いてすぐにレントゲン室に運ばれ、頭部ＣＴが撮られた。次に、腕に点滴が打たれた。私は処置室の前のソファで一人座って待った。約一時間後、診察室に呼ばれ、ＣＴの結果の説明を受けた。検査着のままの医師は柔らかな表情で、

「ＣＴの結果、頭蓋内に異常は見られませんでした。精神的なショックでも吐くことはありますからね。心配はいりませんよ」

と言った。不覚にも涙が滲みそうになってこらえた。間もなく点滴も済んで、岳と帰宅した。彼は点滴液の成分がまだ効いていて、タクシーの中では私に寄りかかって眠っていた。

家に着いたのは十一時過ぎである。Hさん宅に伺うと、ご夫妻は起きていて、Yちゃんの部屋に入れてもらった。さやかはYちゃんのベッドでYちゃんと二人、仲良く寝ていた。丁寧にお礼を言って、さやかを抱いて家に戻った。

四十年ほど前は、子供の母親同士、割合気楽に家に招いたり招かれたりの行き来があったが、ここ二、三十年は家に人を入れることは滅多にしなくなった。プライバシーの尊重が重要視される時代になったということだろう。

しかし、一寸先は闇の世の中、将来何が起こるか予測は不可能だ。困った時は近所同士で助け合う関係があれば、少しは安心して生きられるのではないだろうか。

「人の世話には絶対ならない」などという、傲慢な人間にはなるまい。

コロナと孫たち

例年であれば、十二月中旬ともなるとさまざまなことを思い巡らす。大掃除、正月料理、買い出し、飾り付けなどを時系列に並べ、計画を練る。しかし、令和二年は違った。大勢で集まってはイカンというのである。コロナウイルスがどんな場で感染しやすいか絞り込まれてきたのだ。無症状の人同士でも多人数で飲食する、その場が最も危険なのだと。

我が家は全員集まると十一人になる。私が初めにしたのは、都内に住む娘への電話である。「今度のお正月は、自分の家族だけでお祝いしてね。私たちは立派な高齢者だし、勇気君は、毎日頑張って勉強しているから、病気の予防には万全を期したいの」と伝えた。

訳あって預かっている長男の総領息子が、医学部目指して受験勉強中なのだ。聞いていた娘は不服そうだったが、最終的には納得してくれた。我が家では初めてのことである。

十日後、娘から電話が入った。すぐに代わった三歳の孫、タクヤに大声で聞かれた。

「なんでバアバの家に行っちゃいけないの？」

「うーん、コロナだからね」

「コロナってなあに？」

幼い子供に理解させるのは難しかった。翌日、我が家の近くのショッピングモールで、クリスマスプレゼントとお年玉を兼ねて、好きな物を買ってあげることになった。五ヶ月会わなかった間にタクヤは背が伸びて、高校生の孫娘は薄化粧して大人っぽくなっていた。店内の長椅子に娘と孫娘を残し、タクヤと二人で玩具売場に行った。少し高価な、シルバーの覆面パトカーを買ってあげた。彼の両腕で抱えることができる大きさである。

娘に正月用の食品を少し、孫娘にお年玉を手渡して、小一時間で別れた。この愛しく大切な者たちと心置きなく会える日は、いつ来るのだろう。まだ時間がかかりそうな気配だ。ページを一枚めくって、「ハイ、一新!!」というわけにはいかなそうだ。コロナ後の世界はどう変わるのか。行き過ぎたグローバル社会は見直され、変化せざるを得ない。それくらいの想像はできるが。

爽やかな若者たち

新型コロナウイルス感染症拡大防止のための外出自粛要請は、年金生活者である私たち夫婦にも困った影響を与えた。運動不足で熟睡できなくなってしまったのだ。

対策として散歩をすることにした。いくつかのコースを試し、気に入ったのが、豊洲埠頭公園のランニングコースである。このコースは、豊洲市場をグルリと取り囲み、中に四つの小公園を有する。植栽も整備され、何よりも海風が心地良い。自宅からランニングコースの途中で折り返す、五キロほどの散歩が四月中旬からの日課になった。

マスクをして帽子を被り、ペットボトルと汗拭きタオルを持って家を出る。コースに降りるといろいろな人がいる。在宅ワークのお父さんがヨチヨチ歩きの子供を遊ばせている。犬と散歩の人もいる。スマホを音源にして、ダンスの練習をしている四人組の女子高生。楽しそうに笑い、身体を動かしている。

いつもより三十分早く出掛けた日のことだ。運河に架かる二本目の豊洲大橋の横の土地に二、三棟のビルが建築中だ。その現場から七、八人の作業着姿の若者が、足どりも軽く坂を下りてきた。女性も一人混じっていた。ランニングコースに入って、私の前方一キロほどの所でクルッと向きを変え、きれいに横一列に広がり、手に持っていた大きめのビニール袋に落ちているゴミを手際よく拾って入れていった。一キロのコースはあっという間にきれいになった。彼らは互いに笑い合いながら、軽やかに走って仕事場に戻っていった。十分足らずの出来事である。

通り過ぎてきたコースの途中にあるベンチの上に放置された空のペットボトルや紙くずを見て、不快感を覚えた後だった。このコースにも、そう多くはないが、ゴミを遺していく心ない人がゼロではないのが現実だった。

彼らの行動は、私に爽やかな清々しい風を感じさせてくれた。足まで軽くなった。朝の散歩のおかげで、夜はちゃんと眠れるようになった。

勇気のおにぎりは何形？

孫の勇気の静岡県H医科大合格に、本人と祖父母である私たち夫婦が、抱き合って歓喜したのは、今から僅か五ヶ月前のことだ。

父の勤務の都合で、中米のH国のアメリカンスクールの高校を卒業した勇気は、カナダのT大学に合格していた。諸手続きのため東京の我が家に滞在していたがカナダのビザは下りそうもなく、日本の医学部を受け直したのだった。

ビザの連絡を待つ間、彼は二ヶ月弱、塾の講師のアルバイトをした。父親から「旅費くらい稼げ」と言われたらしい。彼が受け持ったのは中学二、三年生。夕方から始まるので、午後四時前に家を出て、夕食は授業の合間にお弁当を食べる。

「おばあちゃん、時間がないからおにぎりにして」と勇気に頼まれた。

初めのうちはご飯とおかずを詰めたお弁当だったが、それを食べる時間に質問しに来る子がいるし、次の授業の下調べもしたいと言うので、大きめのおにぎり二つに落ち着いた。

しばらくして勇気が言った。

「おばあちゃんのおにぎり、いつも三角だね」

そうなのだ。何故か私は俵形のおにぎりが作れない。大きさと形が揃わず、不格好なものになってしまう。

コロナ禍の中、三月下旬から勇気の静岡での一人暮らしが始まった。七月、岳と妻と妹のTちゃんが一時帰国してきた。勇気の暮らしを見てきた岳の報告によると、勇気の部屋は片付いており、驚いたことに、冷蔵庫の中に、容器に入ったコールスローサラダが常備されていたとか。

大学からは「大学がクラスター発生源となるのは止めなければならない。一人暮らしを始めた学生は自力での生活を構築するよう努めよ」との達しが出ているという。

勇気は夕食の自炊のみならず、昼食にも自分でおにぎりを作って持参しているそうだ。

勇気のおにぎりは、どんなおにぎりなんだろう。知りたい、とっても。

ＩＴの壁

記録的な暑さが続いた令和四年六月を、青息吐息でやり過ごし、月が改まった七月一日、家の電話が鳴った。アフリカのM国の日本大使館に赴任中の長男からだった。

「今日辞令が出て、八月に東南アジアのFへ転勤が決まった。末っ子のTちゃんの学校、二学期に間に合うように頼みたいことがある」

Ｍ国にFの大使館が出ていないので、ビザの取得が少々ややこしいと言うのだ。まず、息子の戸籍謄本をとり、英訳してほしい、とのこと。

二日は土曜日。四日月曜日に謄本を取った。そもそも、私に英訳は無理だ。夫が腕捲りして取り掛かった。夫のパソコンに送られてきたテンプレートは単純で、そう難しくないのだが、息子は再婚している。元妻と長女の除籍、新しい妻と息子の長男との養子縁組と……なかなか複雑である。夫は夕食後のテレビも見ずに、丸二日を戸籍の英訳に費やした。

最も苦労したのは、息子からの次のメールだ。「パパのパソコンに、自分と嫁とTの写真データを送付しました。それをUSBにコピーして写真に焼いてください」と。

「USBへのコピーは簡単です、なんて言うんだけど……これが上手くいかない……」と、途方に暮れる夫。結局、ITに詳しい友人に助言を求め、なんとか写真データを私のスマホに取り込み、それを焼くことにした。夫は、今時珍しいガラケーの使用者である。

写真店で汗水垂らして説明する私たちに、店員はこともなげに言った。

「奥さまのスマホに、一つアプリを入れていただければ簡単です」

その通りだった。息子たちの写真は、あっという間に指定されたサイズで出来上がった。機械音痴な両親は、なんとか頑張って、七日には全ての書類、その他を揃えて封筒に入れ、外務省に郵送した。あとはお任せするしかない。Tちゃんが学期の初めから通学できますように……。

ＩＴの発展は急速で、私たちはヨタヨタと後から追っていくのがやっとだ。第一、用語が難しくて分からない。○○ペイがお金と同じだなんて考えられない。ＩＴの壁は高過ぎて、気持ちが萎えてしまう。ヤレヤレ、出るのは溜息ばかり。

地図の読めない女

どう考えても、気付くのが遅かったのだ。行けども、行けども、目的の駅に着かない。私はやおら立ち上がり、車内の路線図を見上げる。さっき通過した駅名を探す。やっと分かった。どうやら乗り換えの駅で、反対方向の電車に乗ってしまったのだ。次の駅で降り、反対側のホームへ急ぐ。ターミナル駅の地下道を行き先の表示を確認しつつ、急ぎ足で歩く。

二、三メートル先から見慣れた歩き方の人が突進してくる。夫である。一番会いたくない人に会ってしまった。三十分ほど前に別れて違う方向に向かったのである。

「どうしてここに君がいるの！」

いっぱいに見開かれた目が『信じられない』と言っている。『何度も説明したのに……』と。

過去にも、初めての場所に行く時は、かなりの時間的余裕を持って家を出たのに、途中で迷って間に合わないことが何回もあった。夫に打ち明けて、「重症だな」と頭を左右に振られたのは一度や二度ではない。

人の右脳の主な働きは、空間を認識し、方向感覚を受け持つのだといわれる。一方、左脳は音や声を認識して発語する。また、文章を書く機能も左脳の担当だといわれる。私は、自分は右脳に関する能力に恵まれなかったのだと思っている。

私の知人に、時刻表のページをめくり、アチコチ何度も確かめ見ているだけで、何時間も時空旅行を楽しめるという人がいる。

私には意味が分からない。大きな声では言えないが、私は時刻表の見方が分からない。地図や路線図は頭に入ってこない。

そういえば、昔から冒険はしなかった。知らない所へ行く時は、大抵誰かと一緒だった。地図を読む訓練もしてこなかった。必要も感じなかった。よくよく考えれば、誰のせいでもない。自分のせいなのだ。

自分を冷静に見ることは、キツイ作業である。しかし、この年までなんとか生きてこられたのだから、それでよしとしようか。

人間関係に効く薬

私が育った家庭は、明治生まれの頑固者の父、気丈な母と三人の兄、私より十歳年の離れた妹、そして私の七人家族だった。父は高圧的で怖い人だった。気が短く、若い頃はすぐ怒鳴った。

母は、常に父を怒らせないように気を遣っていた。そんな中で育った私は、多分、人間関係の結び方に偏ったものを持っていたと思う。反論は持っても、表に出せなかった。人を怒らせることが嫌だった。

長じて社会へ出た私は、しゃべらない女でも静かな女でもなかった。しかし、未知の人と対面する時の最大の目標は、相手を怒らせないこと、気まずい雰囲気にならないことだった。相手を観察し、どんな人かを理解する努力をした。自己主張や反論など、もっての外であった。

本当の人格者なら、自分を抑えることで、ストレスを溜めたりしないのだろう。しかし、私は凡人であった。言わずに引っ込めた「想い」は蓄積して、不公平感や無力感に打ちひしがれそうになることもあった。特に鈍感な人、ある種の大らかさを持った人は苦手だった。

三十年以上前のことになるが、当時勤めていたクリニックは、訪問医療と外来業務を行っていた。いつも別々の場所で仕事をしているスタッフは、週に一度、クリニックに全員集まり、ミーティングが行われた。

その日は珍しく、予定の議題が終わって、時間的余裕があった。司会者が「他に話し合いたいことはありますか。全員揃ったところで、ぜひ、伝えたいことでもいいですよ」と言った。

私はサッと手を挙げた。自分でも予期していない行動で、自分が最も驚いていた。

「ここで理解してほしいことがあります。私たちナースは、待合室で待っている患者さんがいる場合、看護業務を優先したいのです。問診をし、入力作業をしたいのです。そんな時に、後でもいいことを質問しに来るスタッフがいます。いいリハビリ病院を教えて、などと。職種による仕事の進め方を理解し、尊重してほしいのです」

私の近くに座っていたケアマネのMさんが深く俯くのを視野の端に捉えた。

ミーティング終了後、Mさんが私の所へ来て言った。「ごめんなさい。看護師さんの気持ちも考えずに。あなたは聞きやすいので、気楽に聞きに行っちゃったんだけど迷惑だったのね」

私はその時、実にスッキリした。新鮮な驚きを感じたほどだった。

あの後、私は不平不満と、実のない僻《ひが》みに苦しむことはほとんどなくなった。間違った主張でない限り、表現するべきことを学習し、実践できるようになったのだ。

コンタクトレンズとの決別

私の両親は二人とも近視だった。従って私たち兄妹は、五人全員メガネをかけていた。私は小学校三年の夏から、黒板の字が見えにくくなり、メガネを使うようになった。初めてメガネをかけた日、それまで単なる塊として見えていた枝の葉っぱが、一枚ずつ識別できるようになって感激したものだ。ところが、すぐ上の兄が私の顔を見るなり、「似合わねえ」とゲラゲラ笑った。私の顔を何度も見直してはゲラゲラ笑い続けた。私は、ひそかに深く傷ついた。

成人して働くようになり、まず購入したのはコンタクトレンズであった。自分の収入で調達できることが嬉しかった。

しかし、私は若く不注意でもあった。朝、寝惚けて洗面をし、いざコンタクト装着という時に、ウッカリ水道管に流してしまった。以来、この水道管は私のコンタクトをどのくらい飲み込んだか、というくらい流したのである。悔しいから金額を計算したことはない。そして三十余年、コンタクトはハード、ソフト両方使用したが、それぞれに長所も短所もあった。

ハードは小さくて扱いにくい。指からいとも簡単にすり抜ける。装着感は良くない。慣れるのに時間がかかる。ソフトは柔らかい素材でできていて、黒目の直径より少しだけ大きく作ってある。比較的装着感は悪くないが、微細なホコリが入った時、間違っても涙と共に出ていくことはない。ハードの場合、運が良ければ、レンズを外さなくてもホコリが取れてホッとする時があった。

年齢とともに肌の潤いは失われていくが、粘膜も同様で、トラブルは年々増えた。横目をするとレンズが黒目からずれる。痛みがきて、物が見えなくなる。風の強い日は辛い。徐々に煩わしさが勝っていった。

五十代の終わりに「もういいわ」とメガネ専用に切り換えた。「視る」に関しては非常に楽になった。そして年を経るに従って、「人生とはなんなのか」が少しずつ見えるようになった。

グノーの『アヴェ・マリア』

どうしてあの時、掃除など後回しにして、父のベッド脇に椅子を引き寄せて座り、父の好物のコーヒーを飲みながら話を聞いてあげなかったのだろう。

私の訪問は五ヶ月続いただけで、半年目に父は最後の入院をして帰らぬ人となった。父にとって大切な時間だったのだ。それに気付けなかったことが惜しまれてならない。

昭和五十六年十二月、父は天に召された。七十歳であった。

その頃、私は三十代半ば。小学生の男児と三歳前の女児の母親であった。月に二回、長女を連れて父を訪れた。仕事をしている母の負担を軽くしたいとも思っていた。玄関を入ると陽当たりの良い父の部屋からグノーの『アヴェ・マリア』が聞こえてきた。書棚に置かれたカセットデッキにテープがセットされていて、父は繰り返し聞いていたのだろう。

父の部屋に入って目についたのは、吸殻が山盛りになったガラスの大きな灰皿だった。吸殻が畳に落ちたら大変だという思いが先に立ち、急いで片付けにかかった。次に二階へ上がる階段の隅や、台所に通じる廊下のホコリを大音量の掃除機で吸い取り始めた。なんと思いやりに欠けた行為だったろう。思い出しても冷や汗が出る。その上、長男の帰宅時間を気にして、バタバタと帰路に就いたものだった。

元気な頃の父なら、「そんなに忙しいのなら、無理して来なくていい」と言っただろう。当時の父は体調が悪く、呼吸機能の低下もあって、私のすることに何も言えなかった。

私が自分を許せないのは、父の気持ちを忖度しなかったばかりか、「自分はいいことをしている」と思っていたことだ。

もし今、父に会えるなら「パーさん、ごめんなさい。あなたは喫煙を非難されていると思ったでしょう。心ない態度でした」と、謝りたい。

近頃、グノーの『アヴェ・マリア』を聞くたびに、父を思い出し、胸が痛む。

夏の夜の暑さ対策・今昔

近年の夏の暑さは、身体にこたえる。特に夜間は寝汗をかき、熟睡できない。

私が幼少期を過ごしたのは、鎌倉市稲村ガ崎の小高い山の上に建つ一軒家だった。眼下に海が広がり、周囲は松林。庭は母が丹精した野菜畑だ。南北の窓を開け放てば、夜でも海風が吹き抜け、眠れないということはなかった。

夜になると、八畳と続きの六畳間に、母と兄でそれぞれに蚊帳を吊った。八畳間に父、母と末っ子だった私が、六畳間には兄三人が布団をくっつけて寝た。海からの風が心地良く、ぐっすり眠った。

一つだけ問題があった。夜中に誰かがトイレに立つ。再び蚊帳に入る時、蚊帳の外にしがみついていた蚊がたびたび入ってくるのだ。その時は決まって私が集中攻撃を浴びた。目覚めると足に無数の発赤があった。掻けば掻くほど痒みは強くなり、私の足は浸出液でグチャグチャになった。「引っ掻いたらダメよ」と言いながら母が包帯を巻いてくれた。

今は東京の二十階建てマンションの十二階に暮らしている。子供には、小学校に上がると個室を与えたので、同室で寝ることはなくなった。鴨居はないから蚊帳は吊れない。そもそも蚊帳が無用の長物となって久しい。当然ではあるが海風は望むべくもない。

日射しに熱せられたアスファルトは夜になっても暑熱を放散し、耐え難い熱風を室内に送り込む。睡眠不足が続けば、体調を狂わせる。これは経験済みである。もちろん最善の策ではないと承知で、クーラーの効いた部屋で寝ることになる。私に限っていえば、特に首から上、頭部に汗がふき出してくる。毎晩十時になると、ベッドに入る前に冷凍庫から冷却枕を取り出し、タオルにくるんで枕の上に置く。これが私の暑さしのぎである。ささやかなものである。これが十月中旬まで続くことになる。

岳のこぼした大粒の涙

四十年以上経った今でも忘れられない「涙」がある。結婚して六年目、三十三歳の時、腰痛を発症した。二、三ヶ月の間に酷くなり、痛みのため立てなくなった。整形外科受診の結果、「腰椎椎間板ヘルニア」と診断され、入院、手術が必要と言われた。今は保存療法が開発され、切るのは稀だが、当時は根治療法と称して手術が多く行われた。病室が空いて、二週間後に入院した。諸検査が済んでも、即手術とはならなかった。

一度は執刀医の身内の御不幸で、二度目は緊急手術が入ったとかで、命に関わる病気ではないからと私の手術は先送りになった。術後三週間はギブスベッドに入るので、食事も排泄もベッド上になると説明を受けていた。これだけでも辛かった。

術前最後の週末、聞きたいことがあり、看護詰め所に行った。用事はすぐに済んだ。戻ろうと踵を返した時、目の前に夫と長男、岳が立っていた。岳と私の視線が合った瞬間、彼の目から大粒の涙がこぼれ落ちた。

手術の延期を告げられた日、人知れず枕を濡らした私の頭にあったのは、彼の妹、さやかのことだった。一歳三ヶ月の赤ん坊で、母に看てもらっていた。母は当時、現役の看護師で、勤務先の配慮を得て、病院付属の保育室に預ける許可をもらった。母によるとさやかは初めの十日ほど、保育室の角を曲がる時、激しく泣いたそうだが、その後は保育室で楽しく遊び、母とも機嫌よく過ごしたそうだ。

一方、岳はある日突然、母の不在を知った。少しの着替えと身の回りの品を持って、私の長兄の家に連れていかれた。長兄の奥さんに世話になるしかなかったのだ。

私は自分に言い聞かせていた。「お兄ちゃんは大丈夫。五歳になったんだから」。しかし、赤ん坊ではなく五歳だからこそ、急激な環境の変化に、戸惑い、不安を感じただろう。私から十分な説明もされていなかった。

岳の涙に、私は胸を衝かれ、痛む腰に手を当て、ゆっくりと彼の前に行き、片膝をついて肩を抱き締めた。五歳の男の子が小刻みに肩を震わせ、声も出さずに泣いていた。

秋の始まった日

私は夏が嫌いだ。苦手と言った方が当たっているかもしれない。いつからだったろう。多分、五年ほど前から、尋常ではない汗に閉口するようになった。理由は分からない。定年退職後から、夫が朝と昼の食事の支度をしてくれるので、私は起床後すぐに、夫と私のベッドの整頓にかかる。丁寧にゴミを取り除き、シーツの皺を伸ばし、カバーを掛けると、十五分余りかかる。終わる頃には、髪はグッショリ、顔には汗が玉になって転げ落ちている。

すでに一線を退き、毎日が休日状態だから、いつでもいいのに、何故か土曜は気合を入れて、朝食後から水回りの掃除にかかる。台所、洗面所、浴室、トイレ、玄関を念入りに清めていく。以前は一時間半で済んだのに、今は二時間余りかかる。着ているTシャツは絞れるほどに汗まみれで、着替えることになる。ただ、こんなに汗をかくのに夏痩せとは縁がない。

カレンダーを八月から九月に替えた二、三日後の朝である。いつものように寝室の北側の窓を開けた。その瞬間、「エッ」と思った。

「ミーン、ミーン、ミーン」「シャン、シャン、シャン」と喧《やかま》しかった蟬の声がピタリとやんでいるのである。蟬は何によって自らの時が終わったことを知るのだろう。潔いと思う。与えられた生を精いっぱい生きて、パッと消える。あまりに見事過ぎないか。

この事実に気付いたのは、今年が初めてだ。今まで、気にも留めていなかったということだろうか。知らないこと、気付かないこと、この年になってもまだ、山ほどあるのだろう。

ある朝、秋の始まったことに気付き、汗に悩まされた季節の終わりが近いことを知る。なんだかホッとして少し嬉しい。

いつの間にか、空は青く高く澄み渡り、私の好きな散歩道には、彼岸花が咲きだす。トンボは飛び交い、時に秋風が草木を幽《かす》かに揺らして、秋は静かに深まっていた。

黙るタイミング

私の父は明治末の生まれ、母は大正九年生まれ。二人とも、気の強い性格で、よく喧嘩をした。

子供の頃は分からなかったが、今思い返せば、給料日に衝突することが多かった。おそらく父は、職場での自分の待遇に、常に基本的な不満があったのだろう。職場からの帰途に、その不満は脳裡に広がっていたのだ。些細な母の言葉尻を捉えて突っかかった。

一方、母にも言い分はあった。四人の子供を養うには、夫の給料だけでは足りないので、家事、育児をこなしながら、他人の洋服を作って家計を助けていた。その頃は小さい子供四人もいて、看護師の仕事はできないと思っていたそうだ。

お決まりのように、給料日に機嫌の悪い父を、母はうまく躱《かわ》すことができなかった。言い合いが続くうちに収拾がつかなくなり、父は腕力を使って母を黙らせた。

小学校低学年だった私は、脅えて泣きながら思った（どうしてマーさんは殴られるまで言い続けるのだろう。少し前でやめればいいのに）。

その後、何日か母の顔や腕に残る紫色の痣を見て、痛々しいと思うと同時に、私は固く決心した。「一人でも生きていける人間になる」と。

母も幾度となく、まだ幼い私に言い聞かせた。

「結婚なんか急がなくていいのよ。いざという時、自分の意思で使えるまとまったお金を、女の人も持っていないと辛いよ」

成長して私は、看護師になった。二十七歳の夏、私に求婚する人が現れた。初めて会った時から、その人は一方的に自分の想いをぶつけてきた。一途な目だった。私は終始、黙って聞いた後、彼に言った。

「私の父は、母に暴力を振るう人でした。腕力で従わせる人なら、結婚は考えられません」

彼は一瞬の沈黙の後、キッパリ言った。

「僕は兄と二人の男兄弟で、これまで、母を含め女性に暴力を振るったことは一度もない」

結婚歴四十八年。言い合いもせず、穏やかな仲のいい夫婦になれたという自信はない。

かといって、喧嘩ばかりしているわけでもない。それでも確かに、夫に暴力を振るわれたことはない。

私もこれ以上、言い募ってはいけないというタイミングは分かる女になったと思っている。

なんというクリスマス

とうとう我が家にもやってきた。招かれざる客、コロナである。

第八波の真っ最中、令和四年の十二月二十一日、夫が発熱した。三十七度八分。その日の夕方には、三十八度三分まで上がった。滅多に熱など出さない人だから、結構辛そうだった。

翌日、午前十一時前、かかりつけ医に電話した。受話器を取ったナースによると、午後の診療開始前の時間にならないと予約はできないという。「この電話では予約できないのですか」と粘ったが、「隔離の部屋が少ないので、公平を期すために時間を決めています」。

納得するしかなかった。こちらも効率的な方法を考えた。受話器から話し中の「ピーピー」が聞こえても、諦めず、再ダイヤルボタンを何度も押して、受話器を取り続ければいいのだ。

午後三時、午後の診察開始の時間になってダイヤルすると、案の定話し中だ。一度受話器を置く。再ダイヤルボタンを押して受話器を取る。三度繰り返して繋がった。四時半の予約が取れた。夫は寒風の中、厚着をして出掛けた。医院の前に着いたら、携帯で夫が着いたことを知らせる。ナースが迎えにきて、別室に案内してくれた。「寒い所で待たされずに良かった」と、夫は言った。

検査をして、すぐ結果が出たそうだ。ＰＣＲ検査は結果が出るのに時間がかかるから、医療用の抗原検査を受けたのだろう。二十分ほどで「立派に陽性ですね」と医師に言われたそうだ。

発熱、咳が主症状なので対症療法の薬と、患者及び濃厚接触者に対する注意事項を記した注意書きを手にして、夫が帰宅したのが六時である。

幸い、酷い食欲低下は見られず、いつもより少なめの夕食をとって、服薬して就寝した。

その夜は薬が効いてよく眠れたそうだ。

翌日は、二、三の予定が入っていた相手へキャンセルの電話を入れた。夫は週一でアルバイトに行っている事務所へ、私はクリスマスにオカリナを演奏すると約束していた二箇所へ。「アラー、残念ですねぇ」と言われたが、事情が事情なのであっさり了解してくれた。

その日の夜に地元の保健所の保健師より電話があり、状況確認と行動制限の説明があった。

メールを入れておいた息子から、翌二十三日午前中に電話がきた。三回目の赴任先の東南アジアの国Fの首都Mからである。彼らが昨年、一時帰国した時は、ちょうど第七波の最中で、一家で感染した。その時には保健所のフォローはほとんどなかったと聞いていたので、「ちゃんと保健師から電話があったわよ」と報告すると、「後期高齢者だからでしょ」。なるほど、納得。

彼は医務官なので、我々にアドバイスをくれた。

「パルスオキシメーターでサチュレーションを測り、九十三以下だったら迷わず救急車を呼んで。九十七、九十六、九十五くらいあれば大丈夫だから、寝ていればいいよ。パパだけじゃなくて、ママも毎日チェックして」

分かりました、どうもと頭を下げるしかない。

我が家は、息子も娘も医療従事者で、二人とも、私が濃厚接触者ではなく、発熱して患者になっていないか心配したのである。しかし、夫の発熱の三日後、私も喉が痛み、発熱した。

外出禁止だなんて、全く、なんというクリスマスだ！　クリスマスのミサに行かれなかったのは、生まれて初めてである。

後書きに代えて

母が旅立って、今年で九年になる。もうそんなに経ったのかと思う。いつも母を身近に感じているので、そう思うのかもしれない。日常生活の中で、隣にいるような感覚は常にあった。

初めの三年は後悔や反省ばかりだったが、今、現在は辛さが主ではなく、母が自分の人生の中で大きな存在であったことを実感している。まず、看護の世界に導いてくれたこと。苦境にあっても弱音を吐いている彼女を見たことがない。どうしたら解決できるか、必死にトライする母は、いつしか私の目標になっていた。自分も、内なる静かな強さを持ちたいと思っている。

兄妹の中で、私が母と過ごした時間が最も長かった。結婚前、実家から通勤していた頃、私の方が職場が近かった。一度家に戻ってから、母を駅に迎えに行き、改札で母を待った。一緒に家に帰る途中で、夕食の買い物をした時期があった。二人で歩いたあの時間は楽しかった。母と子というより、友達のようにおしゃべりをした。四年くらい続いたと思う。あれから五十年が過ぎ、医療・看護・介護の世界も様変わりした。

人が長生きできるようになったのは良いことだと思う。しかし、高齢者の急増によって徐々に自立が危うくなっていく人を、どう支えていくのかが問題である。

嘗《かつ》てなら施設で、専門職が世話したレベルの高齢者を、今は家族が看ているのが現実である。個人で解決できる段階は超えていると思う。

国の担当各氏は、どう捉えておられるのだろう。この現実を知っておられるのか。

私自身も立派に後期高齢者になった今、身体機能の衰えは年々実感せざるを得ない。少しでも自立して生活する時間を延ばすため、努力をすることしか道はないのだろうか？

「今日は行きたくない」と思う日でも重い腰を上げて、ウオーキングに行く日々である。

二〇二三年二月四日　立春にて

著者プロフィール
稲村 さつき（いなむら さつき）
1946年 大連で生まれる。
1968年 聖母女子短期大学（現・上智大学総合人間学部看護学科）卒。
エッソ石油（株）、日本航空（株）、（株）三愛、科学技術振興機構などで産業看護師として勤務。
2000年〜2005年 水道橋東口クリニックにて老人訪問看護に従事。
2012年から現在まで（株）ＡＣＡが運営するエンゼルハーバーのデイケアで老人看護・介護に従事。

母の隣の席

2023年11月15日 初版第１刷発行

著 者 稲村 さつき
発行者 瓜谷 綱延
発行所 株式会社文芸社
〒160-0022 東京都新宿区新宿１－10－１
電話 03-5369-3060（代表）
03-5369-2299（販売）

印刷所 図書印刷株式会社

ISBN978-4-286-24164-7